Stefan Wolf



# Kampf der Spione

Ein Fall für

# TKKG

**T** wie Tarzan
**K** wie Karl
**K** wie Klößchen
**G** wie Gaby

Pelikan

Das Papier dieses Buches wurde ausschließlich hergestellt aus **chlorfrei** gebleichtem Zellstoff – der Umwelt zuliebe.

ISBN 3-8144-0123-9

Gesamtleitung und Textredaktion: f-press
medien produktion gmbh, München, Egon Fein
Umschlag-Gestaltung und Text-Illustration:
Reiner Stolte, München
Graphische Gestaltung: Heinrich Gorissen, München
Druck und Bindung: Clausen & Bosse, Leck
Printed in Germany
Auflage 30 29 28 27 26 25 24 23

# Inhalt

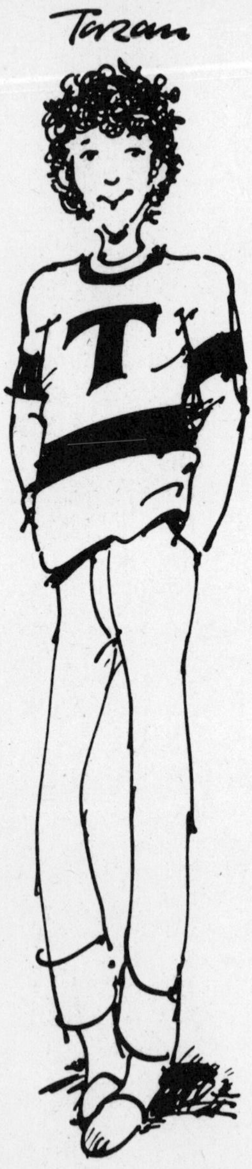


TARZAN
heißt in Wirklichkeit Peter Carsten, aber kaum einer nennt ihn so. Er ist der Anführer unserer vier Freunde, der TKKG-Bande. Warum sie so heißen? Weil das die Anfangsbuchstaben ihrer Vornamen sind: Tarzan, Klößchen (auch das ist freilich nur ein Spitzname), Karl und Gaby. Tarzan, 13 Jahre und ein paar Monate alt, ist immer braun gebrannt und ein toller Sportler — vor allem in Judo, Volleyball und Leichtathletik, und da besonders im Laufen. Seit zwei Jahren wohnt der braune Lockenkopf in der Internats-Schule, geht jetzt in die Klasse 9 b. Sein Vater, ein Ingenieur, kam vor sechs Jahren bei einem Unfall ums Leben. Seine Mutter, die als Buchhalterin arbeitet, kann das teure Schulgeld nur mühsam aufbringen. Doch für ihren Sohn ist ihr nichts zuviel. Tarzan dankt es ihr mit guten Zeugnissen. Aber deshalb würde ihn niemand — nicht mal im Traum — für einen Streber halten. Im Gegenteil: Wenn es irgendwo ein Abenteuer zu erleben gibt, ist er der erste und immer dabei. Ungerechtigkeit kann ihn fuchsteufelswild machen. Und so kommt es, daß er für andere immer wieder Kopf und Kragen riskiert.

KARL, DER COMPUTER geht in dieselbe Klasse wie Tarzan, in die 9 b, wohnt aber nicht im Internat, sondern bei seinen Eltern in der Stadt. Er heißt mit Nachnamen Vierstein, und sein Vater ist Professor für Mathematik an der Universität. Wahrscheinlich hat Karl von ihm das tolle Gedächtnis geerbt, denn er merkt sich einfach alles — wie ein Computer. Karl ist lang und dünn, und wenn ihn etwas aufregt, putzt er sofort die Gläser seiner Nickelbrille. Bei einer Prügelei nützt ihm sein Gedächtnis leider wenig. Muskeln wären dann besser. Weil er die nicht hat, bleibt er lieber im Hintergrund und kämpft mit den Waffen seines Gehirns — aber feige ist er nie.

KLÖSSCHEN

ist ein prima Kerl, an dem man nichts auszusetzen hätte, wenn er bloß nicht so vernascht wäre. Eine Tafel Schokolade — und er wird schwach. Noch lieber sind ihm zwei, drei oder gar fünf Tafeln. So bleibt es nicht aus, daß Willi Sauerlich — so heißt er mit vollem Namen — immer dicker und unsportlicher wird. Zusammen mit Tarzan, in dessen Klasse er auch geht, wohnt er im Internat in der Bude ADLERNEST. Klößchens Eltern, die sehr reich sind und in der gleichen Stadt leben, haben nichts dagegen, denn dem Jungen gefällt es bei seinen Kameraden besser als zu Hause. Da ist mehr los, sagt er. Sein Vater ist Schokoladen-Fabrikant, und er hat sogar einen Zwölf-Zylinder-Jaguar. Heimlich wünscht Klößchen sich, so schlank und sportlich zu sein wie Tarzan.

GABY, DIE PFOTE

hat goldblonde Haare und blaue Augen mit langen dunklen Wimpern. Sie ist so hübsch, daß Tarzan manchmal nicht hingucken kann, weil er sonst rot wird. Er mag sie halt sehr gern. Aber affig ist Gaby Glockner deshalb kein bißchen – im Gegenteil: Sie macht alle Streiche mit. Selbstverständlich passen die drei Jungens immer auf sie auf, besonders wenn's gefährlich wird. Vor allem Tarzan ist dann sehr besorgt. Er gibt es zwar nicht zu, aber wenn es darauf ankäme, würde er sich für Gaby zerreißen lassen. Sie wohnt, wie Karl, bei ihren Eltern in der Stadt, besucht aber auch die Klasse 9 b im Internat. Der Vater ist Kriminalkommissar, die Mutter führt ein kleines Lebensmittelgeschäft. Als Rückenschwimmerin ist Gaby unschlagbar, und in Englisch hat sie die besten Noten. Sie ist sehr tierlieb und läßt sich von jedem Hund die Pfote geben, deshalb heißt sie auch „Pfote". Kein Wunder, daß sie mit großer Liebe an Oskar hängt, ihrem schwarz-weißen Cocker-Spaniel. Leider ist er auf einem Auge blind. Aber er riecht alles, besonders gebratene Hähnchen.

Stefan Wolf

Ein Fall für TKKG

Die Jagd nach den Millionendieben
Der blinde Hellseher
Das leere Grab im Moor
Das Paket mit dem Totenkopf
Das Phantom auf dem Feuerstuhl
Angst in der 9a
Rätsel um die alte Villa
Auf der Spur der Vogeljäger
Abenteuer im Ferienlager
Alarm im Zirkus Sarani
Die Falschmünzer vom Mäuseweg
Nachts, wenn der Feuerteufel kommt
Die Bettelmönche aus Atlantis
Der Schlangenmensch
Ufos in Bad Finkenstein
X 7 antwortet nicht
Die Doppelgängerin
Hexenjagd in Lerchenbach
Der Schatz in der Drachenhöhle
Das Geheimnis der chinesischen Vase
Die Rache des Bombenlegers
In den Klauen des Tigers
Kampf der Spione
Gefährliche Diamanten
Die Stunde der schwarzen Maske
Das Geiseldrama
Banditen im Palast-Hotel
Verrat im Höllental
Hundediebe kennen keine Gnade
Die Mafia kommt zur Geisterstunde
Entführung in der Mondscheingasse

# 1. Die geheimnisvolle Dame

Es passierte beim Aufwärmen.

Knacks! Stechender Schmerz fuhr durch Tarzans linke Schulter.

Er vollendete die Judo-Rolle, kam auf die Füße und verzog das Gesicht.

„Was ist denn los?" Ulf Mehnert, der Trainer des Judo-Clubs, trat besorgt zu seinem As. „Verletzt?"

Tarzan lockerte die zusammengebissenen Zähne und stieß einen Fluch aus, bei dem selbst Dschingis-Khan (*mongolischer Eroberer, 1155 – 1227*) errötet wäre.

„Es fühlt sich an, als fällt gleich der Arm ab."

„Ouhhh!" Mehnert verdrehte die Augen. „Das fehlte noch. Fünf Minuten vor dem Turnier. Zeig mal!"

Die Untersuchung fand am Mattenrand statt. Tarzan ließ es über sich ergehen. Er war ganz blaß geworden vor Enttäuschung. Daß er am Turnier nicht mehr teilnehmen konnte, spürte er. Ausgeschieden also beim Aufwärmen, bei der Lockerungsgymnastik. Ausgeschieden vor dem ersten Kampf. Dabei hatte er sich gute Chancen ausgerechnet.

„Naja", murmelte Mehnert. „Ganz so schlimm ist es nicht. Der Arm bleibt dran. Aber kämpfen kannst du nicht. Pech!"

Tarzan zischte was Unverständliches, in dem viel rrr . . . www . . . uuuhhh . . . vorkam.

„Was?" fragte Mehnert.

„Das war derselbe Fluch wie eben. Aber ich kann ihn auch auf Russisch."

Mehnert lachte. „Trag's mit Fassung. Ich kenne einige, die jetzt aufatmen werden."

Tarzan bewegte den Arm. Die Schulter protestierte mit heißen Schmerzwogen.

Von den 50 oder 60 Judokas, die sich hier in der Nebenhalle aufwärmten, blickten etliche her. Daß einer der Favoriten (*voraussichtlicher Sieger*) auf diese Weise ausschied, überraschte. Es war ein Jugend-Turnier, rein männlich, die Teilnehmer zwischen zehn und 18 Jahre alt.

„Jedenfalls muß es behandelt werden", sagte Mehnert. „Ab zum Arzt!"

„Aber nicht hier!" wehrte Tarzan ab. „Ich fahre zurück und gehe gleich zu Dr. Jakob. Zu dem habe ich Vertrauen. Der ist Sportarzt. Der kennt mich. Der hat mich schon mal zusammengeflickt, als ich den Unfall mit meiner Tretmühle hatte."

„Hm. Dr. Jakob ist Klasse. Aber ich trage die Verantwortung für dich, Tarzan. Wir sind zusammen hergekommen, und allein dürfte ich dich nicht zurückfahren lassen."

Tarzan grinste. „Daß ich mich auf die Socken mache, davon wissen Sie doch gar nichts."

„Willst du nicht doch lieber bleiben und zusehen?"

„Und mich schwarzärgern? Nee!"

„Also gut! Kratz die Kurve! Ich regle das hier."

Ein kräftiger Händedruck – und Tarzan verschwand in der Umkleidekabine, wo er seinen Judo-Anzug gegen T-Shirt, roten Pulli, Jeans und Turnschuhe vertauschte. Mit geschultertem Campingbeutel stahl er sich durch den hinteren Ausgang.

Auf dem Parkplatz standen die Busse, mit denen die Judokas aus allen Teilen des Bundeslandes angereist waren. Auch Tarzan und seine Sportskameraden hatten eine fast dreistündige Fahrt hinter sich.

Zusehen! dachte er. Da müßte ich ja Kirschsaft in den Adern haben. Keinen Moment könnte ich still sitzen. Käme mir vor wie ein Fernsehsessel-Sportsmann, wie ein Tribünen-Platz-Athlet. Und der Tag ist noch lang!

Die Sportstätte lag außerhalb des Ortes. Auf der einen Seite reichten maigrüne Felder bis zum Horizont. Die Straße, die zum Ort führte, unterquerte die Autobahn.

Er trabte los und bemühte sich, den linken Arm ruhig zu halten. Sein Ziel war der Bahnhof.

Als die Straße sich gabelte, sah er das Hinweisschild zur Autobahn-Raststätte. Dort war auch – logisch! – die Auffahrt.

Sein Schritt stockte nur eine Sekunde. Dann änderte er die Richtung.

Warum sollte er Geld verschwenden, wenn's vielleicht auch anders ging! Der Erlös seiner Fahrkarte würde das Defizit (*Fehlbetrag*) der Bundesbahn kaum mindern. Außerdem hätte er auf eigene Rechnung blechen müssen. War ja schließlich sein Privatvergnügen, daß er vorzeitig abreiste! Und das bei dem knappen Taschengeld!

Sicherlich – auf seinem Sparkonto war eine Menge: all die Prämien, die er und seine TKKG-Freunde für aufgeklärte Kriminalfälle eingeheimst hatten. Aber dort sollte das Geld auch bleiben und „Junge kriegen", damit eines Tages vielleicht aus dem geplanten Studium was würde. Verplempern, das kam nicht in Frage!

Also reise ich als Anhalter! dachte er. Die Richtung stimmt. Und ich sehe hoffentlich so vertrauenerweckend aus, daß eine mitleidige Seele sich meiner erbarmt.

Er lief neben der Straße. Das Gras auf dem Grünstreifen sah ein bißchen wie Tabak aus.

Drei fette Acht-Zylinder rauschten vorbei. Jedesmal hob er den Daumen zum Anhalterzeichen. Aber die Fahrer waren in Eile und keine mitleidigen Seelen.

Auf der Autobahn war allerhand los. Schnelle Wagen zischten. Fernlaster brummten. In der Ferne schnatterte ein Polizeihubschrauber über den blauen Himmel.

Hinter Tarzan tuckerte was heran. Er sah sich um. Ein rostiger Uralt-Mercedes näherte sich. Das Getriebe krachte, als er hielt.

Himmel! dachte Tarzan. Da sitzen sieben . . . nein, acht drin. Und nicht mal die Dünnsten.

Es waren braune Gesichter mit schwarzen Augen und dunklem Haar. Gastarbeiter.

T

„Du willst mitfahren?" fragte einer der beiden, die sich den Beifahrersitz teilten – samt Sicherheitsgurt.

„Vielen Dank! Nein! Ich will nur zur Raststätte."

„Gut, gut! Wir hätten dich mitgenommen. Ein bißchen zusammengerückt – und du hättest Platz gehabt."

Aber wo? dachte er. Auf dem Dachträger? Da sind doch schon drei Koffer.

„Gewiß!" sagte er, ohne eine Miene zu verziehen. „Sehr nett von Ihnen."

Alle acht lächelten freundlich, mit viel Zähnen. Die Rostlaube nahm nochmal alle Kraft zusammen und fuhr.

Wenn das nicht hilfsbereit war! Beinahe kam er sich schlecht vor, weil er abgelehnt hatte. Aber die Enge wäre wohl etwas zu eng gewesen, und das Auto war heikel. Ob die Bremsen noch lange hielten? Vielleicht fiel auch vorher der Motor raus, oder die Türen sprangen auf.

Auch ein Anhalter, dachte er, hat Anrecht auf ein verkehrstüchtiges Fahrzeug.

Er erreichte die Raststätte. Die Parkplätze waren leer. An der Tür hing ein Schild: *Betriebsferien bis . . .*

Da haben wir gern! dachte er. Die machen Ferien, und die Autofahrer können hungern und dürsten. Muß ich also vorn hin zur Tankstelle, sehen, ob mich da jemand mitnimmt.

Bei den Zapfsäulen war Betrieb, wie er sah. Trotz der teuren Benzinpreise standen die Wagen in Dreierreihen. Tankwarte in Overalls hatten zu tun: tanken, Scheiben wischen, Ölstand kontrollieren, Trinkgeld entgegen nehmen . . .

Er hob schon den Fuß, um in Richtung Ausfahrt zu laufen, als der Wagen nahte.

Es war ein spinatgrüner Audi. Eine Frau saß am Lenkrad. Sie wollte zur Raststätte, wußte offensichtlich noch nicht, daß hier die Schotten dicht waren.

Als sie näher kam, sah sie's allerdings.

Trotz getönter Windschutzscheibe bemerkte Tarzan, wie Enttäuschung sich auf das hübsche Gesicht malte.

Ob die mich mitnimmt? Wohl kaum. Frauen sind da ängstlich. Könnte ja sein, ich bin der Würger vom Hexenmoor. Lächeln, Tarzan! Vielleicht tut sie's doch.

Rasch hob er den linken Daumen. Eine Gedankenlosigkeit, die sein Lächeln zerstörte. Schmerz raste durch die Schulter. Er jaulte wie Oskar, wenn dessen Pfote unter einen Absatz gerät, und fluchte zum dritten Mal. Vorsichtig ließ er den Arm sinken.

Der Wagen hielt.

„Willst du mit?" Sie hatte das rechte Fenster geöffnet.

„Wäre riesig nett von Ihnen . . ."

„Und wohin?"

Er sagte es, und sie lächelte.

„Das trifft sich gut. Da haben wir das gleiche Ziel. Steig ein!"

Er glitt auf den Nebensitz. Seinen Campingbeutel legte er in den Fond.

Während Tarzan sich anschnallte, rollte der Wagen weiter, gleich zur Ausfahrt hin. Im Tank fehlte offenbar nichts.

„Jetzt muß ich's noch aushalten bis zum nächsten Rasthaus", seufzte die Frau. „Dabei brauche ich dringend einen Kaffee."

„Sie sind wohl schon weit gefahren?" erkundigte er sich.

„Ich komme aus Brüssel."

„Ah ja! Übrigens heiße ich Peter Carsten."

„Putz! Hildegard Putz."

„Ist sehr nett, daß Sie mich mitnehmen, Frau Putz. Ich . . ."

„ . . . Fräulein Putz", verbesserte sie. „Ist mir lieber so. Fährst du häufig als Anhalter?"

„Eigentlich nie. Und Herr Mehnert, unser Trainer, würde wahrscheinlich aufgehen wie ein Hefekuchen, wenn er davon wüßte. Aber ich sehe das nicht so eng. Was soll mir schon passieren – selbst einarmig. Ich meine, weil ich den linken verstaucht habe. Das kam nämlich so . . ."

Er erzählte. Und Fräulein Putz schien – trotz ihrer Müdigkeit – sehr interessiert.

Sie mochte so um die Dreißig sein, hatte ein hübsches Gesicht mit violetten Augen und langen Wimpern. Aus der Nähe sah er, daß die frische Farbe aus den Make up-Tuben (*Gesichtsschminke*) kam. Ihr Haar war modisch geschnitten und mehr orange als rot. Es sah fürchterlich unecht aus, fiel aber auf. Geschmacksache. Ihr Lederanzug war vom selben Grün wie das Auto.

Sie waren jetzt auf der Autobahn. Hildegard fuhr konstant 110 std/km. Jeder zweite Blick galt dem Rückspiegel, obwohl sie nicht überholte.

Wenn ich sie unterhalte, schläft sie nicht ein, dachte er. Also erzählte er vom Internat, von seinen Freunden, von Klößchens Naschsucht und ihren gemeinsamen Abenteuern.

Hildegard fuhr jetzt nur noch 95. Ihre Augen waren erbsenklein.

Wären die Gastarbeiter in ihrem Schrotthaufen doch die bessere Wahl gewesen?

Die Sonne stand vor ihnen. Es war früher Nachmittag. Hildegard hatte die Sonnenblende herabgeklappt. Zusätzlich setzte sie eine Brille mit dunklen Gläsern auf.

Tarzan blinzelte, klappte dann die zweite Sonnenblende herab und hatte den Kopf im Schatten. Im Spiegel der Sonnenblende sah er sich – und einen Ausschnitt der Autobahn hinter ihnen.

Der Verkehr war dicht. Hildegard zuckelte. Die andern überholten. Aber nicht alle. Auch der Fahrer eines schwarzen Mercedes ließ sich Zeit und blieb rechts. Sein Beifahrer schien damit einverstanden. Ob die beiden müde oder nur gemütlich waren, konnte Tarzan nicht sehen. Ihre Gesichter lagen im Schatten der Sonnenblende.

„. . . . finde ich ja toll, daß du Judo so intensiv betreibst", sagte Hildegard gerade. „Tut die Schulter noch weh, Peter?"

„Wenn ich den Arm still halte, gar nicht. Aber sagen Sie

doch Tarzan zu mir. Das ist mein Spitzname. Alle nennen mich so. Wenn ich Peter höre, denke ich immer, ein anderer ist gemeint."

Sie lächelte. „Mich haben sie in der Schule Putzi gerufen. Das fand ich gar nicht lustig."

„Fünf Kilometer bis zum nächsten Rasthaus. Riechen Sie den Kaffee? Er wird gerade frisch gebrüht."

„Wenn dort auch geschlossen ist, schreie ich."

Sie brauchte das Versprechen nicht einzulösen. Vor dem Rasthaus bildeten parkende Fahrzeuge einen Wall. Jeder Fleck war besetzt.

Hildegard mußte hinter das Gebäude fahren, wo sich ein kleiner, völlig leerer Parkplatz versteckte. Büsche umstanden ihn. Eine Ausfahrt führte im Bogen zur Autobahn hin.

Als sie ausstiegen, sah Tarzan nach seinem Campingbeutel. Er stand ordentlich auf einem der Rücksitze. Auf dem andern lag eine schwarze Aktentasche.

Hildegard war mittelgroß, wie er jetzt feststellte, und schlank unter dem Leder. Schnuppernd reckte sie die Nase.

„Du hast recht. Es riecht nach Kaffee."

„Wir stehen auch genau vor den Küchenfenstern."

Hineinsehen konnte man freilich nicht. Die Scheiben waren aus Milchglas. Aber sie hörten das Klappern der Töpfe und sahen die Schemen weißgekleideter Köche.

Sie gingen nach vorn. Bevor sie das Rasthaus betraten, entdeckte Tarzan den schwarzen Mercedes, der ihnen so gemächlich gefolgt war. Der Wagen irrte an den besetzten Parkreihen entlang – auf der Suche nach einer Lücke.

Im Restaurant herrschte Hochbetrieb. Dialekte aus allen deutschen Landen tönten durcheinander. Viele tafelten, als gäbe es morgen nichts mehr zu essen. Es wurde auch erstaunlich viel Bier getrunken, und man konnte nur hoffen, daß das nicht die Fahrer waren.

Sie fanden noch Platz an einem Vierertisch, wo ein verliebtes Pärchen saß. Die beiden fütterten sich gegenseitig. Er schob ihr Stück für Stück von seinem Gulasch ins Mündchen. Sie revanchierte (*sich erkenntlich zeigen*) sich mit großen Brocken von ihrem Fischfilet, das aber Gräten enthielt. Jedenfalls mußte er sich immer wieder in den Mund greifen, um nicht zu ersticken. Das zärtliche Bild litt etwas darunter. Außerdem mochte er keinen Fisch, und überhaupt wäre es praktischer gewesen, die Teller auszutauschen. Aber was hätten sie dann füreinander tun können – außer Händchen zu halten.

Hildegard bestellte eine Portion Mokka. Tarzan nahm eine Cola. Als er probeweise den linken Arm hob, fühlte sich die Serviererin gerufen und kam nochmal zurück. Er kärte den Irrtum auf und verzichtete auf weitere, mißverständliche Gesten. Daß der Schmerz bereits nachließ, hatte er festgestellt.

„Sie wohnen in Brüssel, ja?"

Hildegard nickte. „Du hast mein Nummernschild gesehen?"

„Eben erst. Vorhin habe ich nicht darauf geachtet."

„Ich arbeite dort."

„Aber Sie sind Deutsche."

Sie nickte. Glanz trat in ihre violetten Augen, als der Mokka serviert wurde. Sie rührte soviel Zucker hinein, daß es Tarzan den Magen umdrehte.

Als sie fertig waren, fragte er, ob er sie einladen dürfe: als kleine Gegenleistung für ihre Gefälligkeit. Das wollte sie zwar nicht. Aber er bezahlte dann doch.

Die beiden Verliebten hatten ihre Teller brav geleert. Gesättigt sahen sie sich in die Augen.

Tarzan und Hildegard verließen das Restaurant.

Sie war sichtlich erfrischt, aber irgendwie zappelig, wie er fand. Jedenfalls sah sie dauernd umher, als wüßte sie nicht mehr, wo der Wagen geparkt war.

„Noch eine knappe Stunde, Fräulein Putz, dann sind wir da."

Sie gingen hinter das Rasthaus.

Die Sonne brannte. Kein Wölkchen zeigte sich am Himmel.

Auf dem kleinen Parkplatz war jetzt ein zweiter Wagen: der schwarze Mercedes, den Tarzan schon zweimal bemerkt hatte.

Sein Motor lief. Der Wagen stand in Fahrtrichtung, nämlich dicht vor der Ausfahrt. Der Fahrer saß am Lenkrad, die rechte Vordertür geöffnet.

Tarzan traute seinen Augen nicht. Aber es gab keinen Zweifel.

Der Beifahrer hatte Hildegards Wagen aufgebrochen, die schwarze Aktentasche vom Rücksitz genommen, hatte gerade eben kehrt gemacht und wollte in den Mercedes zurück.

Tarzan vergaß seine Blessur (*Verletzung*). Wie ein Pfeil von der Sehne schnellt, so sauste er los.

Der Autoknacker sah ihn, zeigte ein wütendes Gesicht und sprang zum Mercedes hin.

Im selben Moment, da er sich auf den Nebensitz warf und der Motor aufheulte, war Tarzan neben dem Wagen.

Der Dieb war nervös. Jedenfalls stimmte er seine Bewegungen nicht ab. Vielleicht lag's an der Eile. Er selbst saß bereits drin. Aber sein rechter Arm, dessen Hand die Tasche hielt, war noch im Freien – halb nach hinten gestreckt. Er wollte ihn einziehen und die Tasche hereinreißen. Aber Tarzan war schneller.

Mit der rechten Schulter warf er sich gegen die Tür. Sie klemmte den Arm ein. Der Kerl schrie, als werde er skalpiert (*Kopfhaut mit Haaren abziehen*). Die Tasche fiel auf den Asphalt. Der Wagen fuhr an. Tarzan sprang zurück, bevor er gestreift wurde. Er sah noch, wie der Wagen davonpreschte, wie die Tür geschlossen wurde – dann erst merkte er, daß er auf dem Hosenboden saß, zwischen seinen Beinen die Tasche.

Und alles, dachte er, ohne die linke Hand zu rühren. So geht's also auch.

Sein Blick suchte die Frau. Dann mußte er lachen.

Hildegard war wie versteinert, es schien, als sei sie mitten im Gehen erstarrt. Entsetzen stand in den Augen. Der offene Mund hatte den Schrei nicht hervorgebracht. Das Make up konnte ihre Blässe nicht mehr überdecken.

„Ist ja noch mal gutgegangen."

Er schwenkte die Tasche. Natürlich mit dem rechten Arm, denn sie war ziemlich schwer.

Hildegard schloß den Mund, setzte einen Fuß vor den andern und kam heran. Tarzan stand auf.

„Unverschämtheit, nicht wahr? Die Autoknacker werden immer frecher. Sehen Sie nur, Fräulein Putz, wie fachmännisch die Ihren Wagen aufgebrochen haben. Wahrscheinlich mit Schraubenzieher und Drahtschlinge. Hier am Mittelpfosten. Nichts ist beschädigt."

Sie blieb vor ihm stehen, nahm die Tasche, sah ihn an und schüttelte den Kopf.

„Du ahnst nicht", sagte sie heiser, „was du eben für mich getan hast. Ich weiß nicht, wie ich dir danken soll."

„Am besten gar nicht. Das ist mir am liebsten. Dem Kerl schmerzt jetzt der Arm schlimmer als mir. Und das Kennzeichen weiß ich auch. Die kommen nicht weit. Die sind auf der Autobahn. Im Handumdrehen hat die Polizei sie erwischt. Wir müssen rasch anrufen und . . ."

„Tarzan!"

Er fühlte ihre Hand auf seinem Arm. Ihr Gesicht sah plötzlich krank aus. Die Lider zuckten. Furchen, die sie eben noch nicht gehabt hatte, gruben sich tief in die Haut.

„Tarzan, ich . . . weiß nicht, wie ich das erklären soll. Ich kann es nicht erklären. Aber ich bitte dich herzlich . . . Keinen Anruf bei der Polizei!"

Er runzelte die Stirn.

„Fräulein Putz! Das sind Autoknacker, die Sie bestehlen wollten."

Sie nickte. Ihre Miene war gequält. „Trotzdem nicht!"

Bitte keine
Polizei!

„Eine sonderbare Bitte. Kennen Sie die beiden?"

Sie schüttelte den Kopf.

Er deutete auf die Tasche. „Ist da was Besonderes drin?"

Wieder das Kopfschütteln.

„Hm. Sie sagen, Sie können es nicht erklären. Das heißt, Sie wollen es nicht erklären. Denn begriffsstutzig bin ich im allgemeinen nicht."

Tränen traten ihr in die Augen.

Tarzan verlagerte sein Gewicht auf den anderen Fuß. Tränen in den Augen eines weiblichen Geschöpfes entwaffneten ihn – jedesmal. Er fühlte sich dann, als hätte er was Furchtbares angerichtet, und bedauerte unendlich, kein sauberes Taschentuch zum Betupfen der Tränen anbieten zu können.

Auch jetzt fiel sein Mißtrauen in sich zusammen wie ein angestochener Luftballon.

„Na, gut! Von mir aus. Aber bitte heulen Sie nicht! Sie haben mich netter Weise mitgenommen. Denke ich mir also, daß Sie Ihrem Ehemann ausreißen und nicht Fräulein, sondern Frau Putz sind und deshalb die Ordnungshüter scheuen. Aber eine Einschränkung mache ich trotzdem. Bitte, beantworten Sie mir die Frage ehrlich: Ist Rauschgift in der Tasche?"

„Nein!"

Er sah in ihre Veilchenaugen. Tränen hatten sie verschleiert. Aber durch den Schleier schimmerte der Glanz der Wahrheit.

Jedenfalls glaubte er, das festzustellen. Und war halbwegs beruhigt. Kein Rauschgift, das irgendwelche erbärmlichen, willensschwachen Typen ins Verderben führte. Wenn geklauter Schmuck drin war, oder unterschlagenes Geld, oder . . . Egal! Wenn das drin war, würde sie noch früh genug Ärger kriegen. Aber dann war er nicht mehr im Spiel.

So dachte er – und irrte sich gründlich.

# 2. Fünf Wanzen im Haus

Sie fuhren noch eine knappe Stunde und redeten wenig. Am wenigsten über den Vorfall.

Mehrmals holte Tarzan sich das Gesicht ins Gedächtnis, das er nur für Sekunden gesehen hatte; allerdings aus nächster Nähe und dann, nach dem Quetschen des Arms, schmerzverzerrt.

Vergessen würde er den Kerl nicht. Dafür war er zu einprägsam – mit seinem eckigen, finsteren Gesicht. Er hatte schwarze, kalte Augen, buschige Brauen und einen tiefen Haaransatz – fast über den Augen. Wenig Stirn also, aber eine gebrochene Nase. Figürlich war er wuchtig gewesen, trotzdem behende, die Kleidung dezent elegant – wie ein Top-Manager mit Aktenköfferchen.

Hildegard war niedergeschlagen.

Tarzan roch förmlich ihre Angst.

Kein Rauschgift. Hm. Aber . . . Ihm kamen Bedenken. War es richtig, diese offensichtlich faule Sache nicht zu beachten? Sollte er nicht wenigstens Kommissar Glockner darauf aufmerksam machen? Andererseits – irgendwie wäre er sich dann wie ein Verräter vorgekommen. Schließlich hatte er eingewilligt: Keine Polizei!

Hoffentlich bereue ich das nicht, dachte er. Wenn doch, dann hat sie mich eingewickelt – mit Tränen in Veilchenaugen. Schöne Augen, übrigens, erinnern mich ein bißchen an Gaby. Vielleicht deshalb . . . hm! . . . Also gut! Bleibt dabei! Versprochen ist versprochen. Mein Name ist Hase, nicht Tarzan – für heute mal. Aber Gabys Augen sind trotzdem noch blauer. Und in Orange würde sie höchstens Turnschuhe nehmen, niemals die Frisur.

„Gleich sind wir da“, sagte Hildegard. „Wo soll ich dich absetzen?“

„Wohin fahren Sie?“

„Zunächst mal Richtung Innenstadt.“

„Sehr gut! Dann kommen wir an der Michaelis-Kirche vorbei. Wenn Sie mich dort bitte rauslassen! Dr. Jakob hat seine Praxis ganz in der Nähe."

„Ich wünsche dir gute Besserung! Daß du bald wieder trainieren kannst und, wie sagt man, Meister wirst."

Er lachte. „Vielen Dank! Ich werde mein Möglichstes tun. Einfach, weil's mir Spaß macht."

Sie fuhren in die Stadt, wurden verschluckt vom dichten Straßenverkehr. An der breiten Prachtstraße, durch die sie jetzt rollten, lagen viele Cafés. Bunte Tische standen im Freien. Der Gehsteig war breit genug. Trotz Abgaswolken waren alle Plätze besetzt. Das Wetter verlockte.

Tarzan fühlte sich, als wäre er tagelang weg gewesen und nicht nur wenige Stunden.

An der Michaelis-Kirche hielt Fräulein Putz. Ein freundliches, etwas unsicheres Lächeln – sie gab ihm die Hand.

Hat offensichtlich ein schlechtes Gewissen, dachte er.

„Vielen Dank, daß du mir geholfen hast, Tarzan."

„War selbstverständlich. Vielen Dank fürs Mitnehmen."

Mit seinem Campingbeutel blieb er am Straßenrand stehen.

Er sah ihr nach, winkte aber nicht, sondern prägte sich das Kennzeichen ein. Dreimal wiederholte er die Buchstaben und Ziffern in Gedanken. Für alle Fälle! Aber hoffentlich trat dieser Fall nicht ein!

Er bewegte den Arm. Ging ja prima! Er ließ ihn kreisen. Es schmerzte. Aber das Gelenk machte mit. Na also! Gutes „Heilfleisch" ist alles! Muß ich überhaupt zu Dr. Jakob? Eigentlich nicht. Aber wenn alle so dächten, dann wären ja die armen Ärzte arm dran. Die wollen doch auch was verdienen! Also hin!

Als er sich abwandte, bemerkte er den schwarzen Mercedes.

Gerade jetzt floß der Verkehr, daß es nur so flutschte. Grüne Welle. Nichts hielt den Strom der Fahrzeuge auf.

Ehe Tarzan sich vergewissern konnte, ob es der selbe Mercedes wie vorhin auf der Autobahn war, hatte sich der Wagen 100, 200 Meter entfernt, war dann nicht mehr zu sehen.

War er's wirklich gewesen?

Er hatte das Kennzeichen nicht lesen können, auch nur gesehen, daß zwei Männer drin saßen. Wobei er mehr Sicht auf den Fahrer gehabt hatte als auf den andern. Aber gerade vom Äußeren des Fahrers hatte er vorhin nichts mitbekommen.

Er überlegte eine Weile, kam zu dem Ergebnis, daß er nichts unternehmen konnte und es sich vermutlich nicht um die Autoknacker handelte. Sicherlich – ihrem Kennzeichen zufolge waren sie hier aus der Stadt. Aber das war immerhin eine Großstadt. Wer war nicht von hier?!

Völlig unmöglich, daß die einen zweiten Überfall versuchen, dachte Tarzan. Wäre ja tolldreist. Und riskant. Außerdem ist Hildegard gewarnt. Wahrscheinlich nimmt sie die schwarze Tasche heute Nacht mit ins Bett.

Er schulterte seinen Campingbeutel und stiefelte zu Dr. Jakobs Praxis, die in einer Nebenstraße lag.

In der Anmeldung fragte eine junge Helferin, die mit ihrem Teint (*Farbe der Gesichtshaut*) Schwierigkeiten hatte, ob er bestellt wäre.

„Leider nicht! Ist ein dringender Notfall. Bin eben verunglückt!"

Er klopfte auf seine Schulter.

„Verkehrsunfall?" fragte sie erschrocken.

„Sportunfall!"

„Ach so."

„Ist das etwa nichts?"

„Du siehst ziemlich gesund aus", lächelte sie.

„Doch nur, weil ich mich eisern zusammennehme."

„Solange das noch geht."

Er mußte sich ins Wartezimmer setzen, wo noch fünf Patienten vor ihm waren, darunter zwei ältere Männer, die sich angeregt über ihre Krankheiten unterhielten. Offenbar hatte jeder schon alles gehabt, aber immer ein bißchen schlimmer als der andere. Daß sie noch lebten, war ein Wunder.

Tarzan suchte sich eine Fachzeitschrift aus dem zerfledderten Journalhaufen, der auf dem Tisch lag, und las einen Artikel über Ökologie (*Lehre von den Umweltsbeziehungen der Pflanzen und Tiere*).

Das Fenster wies auf einen Hof. In der Nachmittagssonne wirkten die tristen Mauern fast freundlich. Spatzen hüpften umher. Das Wartezimmer roch nach alten Möbeln. In der Ferne heulte eine Unfallsirene – oder war es das Signal des Notarztwagens? Tarzans Schulter schmerzte nur noch ganz wenig. Auch die Enttäuschung, das Turnier zu versäumen, war überwunden. Er las. Kein Gedanke wanderte zu Hildegard Putz zurück.

★

Angst schnürte ihr die Kehle zu.

Solange sie im Verkehrsgewühl der Innenstadt steckte, lockerte sich diese unsichtbare Schlinge etwas. Trotzdem spürte Hildegard Putz ihr Herz an den Rippen, und die schlanken Finger waren eiskalt.

Dieser Versuch, ihr die Tasche zu stehlen! Woher wußten die davon? Wer waren die beiden? In wessen Auftrag handelten sie? Was war mit Bernd? War da was schiefgelaufen? Setzte schon jetzt die Jagd auf sie, auf Hildegard, ein? Oder war der Vorfall zufällig? Handelte es sich um gewöhnliche Diebe?

Sie wußte: Ohne Bernd Wacker, ihren Freund, hätte sie diesen Coup nie gewagt. Ihm zuliebe tat sie das alles. Natürlich auch aus freiem Willen. Aber nur durch Bernd fand sie den Mut.

Jetzt war es getan, und es gab kein Zurück mehr. Aber ihr war, als stünde sie am Rand eines Abgrundes, als schwebe ein Fuß schon über der Tiefe.

In Wahrheit drückte ihr Fuß auf das Gaspedal, und der spinatgrüne Audi ließ die Innenstadt hinter sich. Wenig später rollte er durch eine stille Straße.

Sie lag am Stadtrand, in einer mittelguten Gegend. Es gab keine Gehwege, Radwege schon gar nicht, aber kleine Gärten um die schlichten Häuser, meist Einfamilienhäuser.

Die Straße hieß Oster-Allee – und das nicht nur zu Ostern, sondern ganzjährig. Bernd Wacker wohnte in einem der ältesten Häuser, aber von dem sah man fast nichts. Eine hohe Hecke umgab das Grundstück. Sie war so dicht, daß es sich für die Vögel erübrigte, Nester zu bauen. Es genügte, hineinzuschlüpfen, und schon konnten Singdrossel, Amsel, Goldammer, Kernbeißer und Spatz die Flügel bequem von sich strecken und von fetten Raupen träumen. Durchrutschen konnten sie nicht. Und manche Weibchen – so ging das Gerücht unter den Gefiederten – legten ihre Eier einfach in die Zweige und brüteten dort.

Bernds Wagen, ein weißer VW, stand auf der Straße, dicht an der Hecke. Wie verabredet. Das schmale Holztor der Einfahrt war offen, die Garage ans Haus gebaut und leer.

Aufatmend lenkte Hildegard ihren Wagen hinein.

In der Garage stellte sie den Motor ab. Stille umgab sie. Es war schattig. Die Bäume im Garten ließen die Sonne nicht durch.

In Sicherheit! dachte sie. Hier sucht mich niemand.

Freilich – verstecken mußte sie sich. Auch der Wagen durfte nicht aus der Garage. Aber dieses vorläufige „Abtauchen“ in den Untergrund war kein zu hoher Preis für die rosige, gemeinsame Zukunft – mit Bernd.

Sie lächelte, drehte den Rückspiegel so, daß sie ihr Make up auffrischen konnte. Noch etwas Lidschatten, noch etwas Rouge (*Röte*) auf die Wangen! Hübsch wollte sie Bernd begegnen. Sicherlich hatte er ihren Wagen schon gehört. Aber bei 40 Grad Fieber – da war es nur vernünftig, daß er im Bett blieb. Gleich würde sie bei ihm sein.

Als sie den Lippenstift ansetzte, fiel ein Schatten über sie.

Bernd?

Sie wandte den Kopf nach links.

Im selben Moment wurde die Tür aufgerissen.

Ihr Schrei erstickte. Die Mündung einer schweren Pistole drückte auf ihre Stirn.

Grinsend beugte der Mann sich zu ihr herab.

„Pst! Keinen Laut, Hildchen! Sonst ist es aus mit dir. Nochmal entwischt du uns nicht."

Das Grinsen brachte keine Helligkeit in sein finsteres Gesicht. Haaransatz und Brauen stießen fast aneinander. Die gebrochene Nase verstärkte den wüsten Ausdruck. Die eleganten Klamotten wirkten fehl an ihm. Aber auch ehrliche Arbeitskleidung hätte nicht zu ihm gepaßt, eher Gefängnis-Konfektion (*Fertigkleidung*).

„Was . . . was . . . wollen Sie?" Ihre Stimme zitterte.

„Frag nicht so blöd. Die schwarze Tasche, natürlich. Vorhin auf dem Rastplatz habe ich mich überzeugt, daß die Unterlagen drin sind. Sauber, Puppe, wie du das gefingert hast. Nur werdet ihr beiden Hübschen nichts davon haben."

Ihr wurde schwarz vor Augen. Verzweifelt kämpfte sie gegen die Ohnmacht an. Also war es kein Zufall gewesen, kein gewöhnlicher Diebstahlsversuch. Die beiden Typen aus dem schwarzen Mercedes wußten, worum es ging. Woher? Man kannte sie, Hildegard Putz. Man wußte, was sie getan hatte. Und jetzt . . . war alles verloren.

Sie begann am ganzen Körper zu zittern. Im Rückspiegel sah sie, daß sich jemand am Eingang der Garage bewegte. Auch der zweite war da. Ja, sie erkannte sein weißblondes, fast silbriges Haar. Es war der Fahrer des schwarzen Mercedes.

„Her mit der Tasche!"

Der wüste Typ griff an ihr vorbei, nahm die schwarze Aktentasche vom Rücksitz und zerrte sie an ihr vorbei. Dabei traf ein harter Stoß sie ins Genick. Sie fiel aufs Lenkrad.

Der Kerl öffnete die Tasche, sah hinein, wühlte im Inhalt, nickte zufrieden. Das Grinsen zog ihm die Mundwinkel bis an die Ohren.

„Na, also! Das wär's im Moment. Kannst Bernd bestellen, wir rufen nachher an. Du bleibst jetzt noch drei Minuten im Wagen. Weil ich keine . . . Ach so, da fällt mir ein: Wer war eigentlich das nette Jungchen, das mir den Arm so gequetscht hat?"

„Ich . . . ich . . . ein Anhalter. Ich habe ihn mitgenommen."

„Er gehört nicht zu euch?"

„Nein."

„Sollte mich auch wundern. Daß so junges Gemüse in unserer Branche mitmacht, wäre ja ganz was Neues. Wie heißt er?"

„. . . . ich habe seinen Namen vergessen."

„Lüg nicht. Du hast ihn doch irgendwie angeredet."

„Ja, er . . . Tarzan nennt er sich. Aber das ist sein Spitzname."

„Hätte ich mir beinahe gedacht." Sein Gesicht nahm einen bösartigen Ausdruck an, als er murmelte: „Mit dem bin ich noch nicht fertig. Aber das kommt später."

Sie hielt sich am Lenkrad fest.

Schritte entfernten sich. Das Garagentor wurde geschlossen. Dunkelheit fiel über sie.

Um nicht zu schreien, preßte sie eine Hand vor den Mund. So saß sie zwei, drei, vier Minuten. Sterbenselend fühlte sie sich.

Irgendwann stieg sie aus dem Wagen. Sie drückte von innen das Tor auf, trat ins Freie und schloß die Garage. Den Wagen mußte sie verstecken, sich selbst auch. Daran hatte sich nichts geändert. Spätestens morgen würde man in ganz Europa nach ihr fahnden. Nur das Vorzeichen ihres Coups hatte sich geändert. Sie war die Dumme, stand da ohne Beute. Den Gewinn machten andere.

Sie ging durch den Garten, vorbei an alten Bäumen, zum Haus. Es schien sich in die grüne Umgebung zu ducken. Obwohl abgeschirmt nach allen Seiten, hatte Bernd dichte Gardinen hinter sämtliche Fenster gehängt. Nirgendwo konnte man hineinblicken.

Im Blumenkübel neben dem Eingang fand sie den Schlüssel.

Sie öffnete und trat in die Diele.

„Hildchen!"

Er rief aus dem Schlafzimmer. Seine Stimme klang, als klapperten ihm die Zähne.

„Ja, ich bin's!"

„Gott sei Dank! Hab deinen Wagen gehört. Aber ich konnte nicht rauskommen. Mir wird schwindelig, sobald ich mich aufrichte."

Sie trat ins Schlafzimmer.

Er lag im Bett, zugedeckt bis zum Kinn, Schweiß auf dem Gesicht. Die Augen glänzten. Ob das Fieber den Glanz verursachte oder die Erwartung, ließ sich nicht feststellen.

Sie ging zu ihm, küßte ihn, strich ihm über das feuchte Haar.

„Steck dich nicht an, Hildchen!" Er lächelte. „Dämlicher Mist! Im Mai noch eine so hundsgemeine Grippe zu kriegen! Und das ausgerechnet, wo unsere Sache jetzt läuft! Naja, ein paar Tage noch. Dann bin ich wieder auf dem Damm, und wir putzen die Platte (*abhauen*)."

Erschöpft setzte sie sich auf den Bettrand.

„Wie hoch ist deine Temperatur?"

„Vorhin noch 39,2. Aber unter der Achsel." Er grinste. „Nicht rektal (*durch den Po*)."

Sie nickte.

Mit einem Papiertaschentuch wischte er sich übers Gesicht.

„Wie war die Fahrt, Hildchen?"

„Naja."

„Erschossen?"

„Bin völlig fertig."

„Aber sonst ist alles in Ordnung?"

Sie seufzte. „Ich gäbe was drum, könnte ich dich schonen, Bernd. Du bist krank und . . . . Aber ich muß dir die Wahrheit sagen."

Er furchte die Stirn. „Nämlich?"

„Ich habe die Unterlagen nicht mehr."

„Waaas?"

Trotz des Fiebers wurde sein Gesicht fahl.

„Auf einem Rastplatz an der Autobahn haben zwei Kerle meinen Wagen aufgebrochen. Sie wollten die Tasche mit den Unterlagen stehlen, aber ein netter und sehr tüchtiger Junge, den ich als Anhalter mitnahm, verhinderte das. Ich dachte, damit wäre es überstanden, und glaubte, obschon halbherzig, an einen Zufall. Aber eben, vor wenigen Minuten, haben dieselben Kerle mich in deiner Garage überfallen. Und die Unterlagen geraubt. Die beiden wissen anscheinend über alles Bescheid. Hast du irgendwen ins Vertrauen gezogen?"

„Nein!" brüllte er. Seine Stimme überschlug sich. „Nein, nein, nein! Bin doch nicht wahnsinnig. Um Himmels willen! Das kann nicht wahr sein. Das . . ."

Keuchend hielt er inne. Schweiß lief ihm übers Gesicht. In seiner Kehle rasselte der Atem.

„Bitte, reg' dich nicht auf! Du mußt dich schonen und . . ."

„Nicht aufregen?" schrie er. „Wir sind vernichtet, fertig, am Ende. Geht das nicht in deinen Kopf?"

„Einer der beiden sagte, er werde dich anrufen."

Er knirschte mit den Zähnen. „Ich verstehe das nicht. Woher wissen die . . . Hildegard! Beschreib die beiden!"

Sie tat es, wobei der mit dem finsteren Gesicht sehr ausführlich geriet. Vom zweiten wußte sie nur, daß er weißblondes Haar hatte.

Bernd Wacker verdrehte die Augen. Stöhnend rutschte er tiefer in die Kissen.

„Schlimmer kann es nicht sein, Hildchen. Und wie ich die beiden kenne! Der mit der gebrochenen Nase – das ist Gregor Karsoff. Der andere heißt Leo Bulanski. Es sind Profis von der rücksichtslosesten Sorte: Agenten! Berufsspione, wenn du so willst. Keine Überzeugungstäter, die für eine politische Idee einstehen, sondern Hyänen, die nur dem großen Geld nachjagen. Sie haben sich spezialisiert auf militärische Geheimnisse. Ihr Material verkaufen sie mal diesem, mal jenem Land – immer dem, der am meisten bietet. Früher habe ich mit Ihnen zusammengearbeitet. Dann kriegten wir Streit. Seitdem gehen wir uns aus dem Weg. Das heißt . . ."

Nachdenklich starrte er auf die gegenüberliegende Wand. Die braune Tapete wellte sich etwas. Ein kitschiges Bild zeigte die blaue Grotte bei Capri.

„Jetzt begreife ich", murmelte er heiser. „Die beiden haben irgendwie mitgekriegt, daß wir beide ein Paar sind. Klar, daß sie sich dann gleich um dich kümmerten. Wie Schuppen muß es denen von den Augen gefallen sein, als sie feststellten, wo und als was du arbeitest. Da wußten sie natürlich, daß wir was Großes, was Riesengroßes vorhaben. Aber . . ."

Wieder stockte sein Redefluß und offenbar auch der Fluß seiner Gedanken.

Hildegard sprang ein.

„Trotzdem bleibt es rätselhaft, Bernd, wie sie die Sache erfahren haben. Halten wir mal fest, wie es lief: Gestern abend rief ich dich aus Brüssel an. Ich sagte, die Gelegenheit sei einmalig, so günstig nie wieder. Wir beschlossen, daß ich die Unterlagen stehle. Ich tat's, setzte mich in den Wagen, fuhr her. Und schon hatte ich die beiden auf den Fersen. Wäre der Junge nicht gewesen, hätten sie die Unterlagen schon unterwegs geraubt."

Bernds Blick wurde starr. Es sah beängstigend aus. Hildegard überlegte schon, ob sie ihm die Schläfen massieren sollte. Doch die Veränderung in seinen Augen hatte einen anderen Grund: Irgendetwas war ihm plötzlich klar geworden.

Er bedeutete ihr, sich zu ihm zu beugen.

Als ihr Ohr seinen Mund berührte, flüsterte er: „Wir werden belauscht. Bring Papier und Bleistift."

Sie erschrak. Rasch blickte sie hinter sich. Aber Bernd winkte ab.

Sie ging nach nebenan, wo sein Schreibtisch war, und kam mit Block und Kugelschreiber zurück.

Er schrieb im Liegen. Es wurde Gekritzel. Aber sie konnte es entziffern. Da stand:

*Es gibt nur eine Erklärung: Karsoff und Bulanski waren heimlich hier im Haus und haben Abhörgeräte angebracht. Was das betrifft, sind sie meisterlich. Dann haben sie also jedes Wort mitbekommen, das hier gesprochen wurde. Und jedes Telefonat zwischen uns. Wahrscheinlich ist auch der Apparat angezapft. Also wußten sie genau, was wir vorhaben, und daß die Sache heute ausgeführt wird!!*

Er hatte zwei fette Ausrufungszeichen gemalt, die wie Dolche aussahen. Einer für Karsoff, einer für Bulanski. Aber mit Ausrufungszeichen würde er die beiden nicht umbringen.

Minutenlang herrschte betretenes Schweigen.

Hildegard hätte am liebsten geheult. Alles vergeblich! Schlimmer noch! Ihr Leben war jetzt für alle Zeiten verpfuscht!

Bernd hatte die Augen geschlossen.

Sie betrachtete ihn. Seinetwegen hatte sie alles getan. Weil sie ihn so sehr liebte, weil sie – wäre alles gut gegangen – mit ihm nach Südamerika geflohen wäre, um dort – unter anderem Namen – ein neues Leben zu beginnen: reich, frei, ohne die Drangsal ihres bisherigen Daseins.

Er atmete schwer. Er war 35 Jahre alt und gelernter Industriekaufmann, arbeitete aber als Vertreter für eine Feinkost-

firma. Das war freilich nur Tarnung. Zu allererst war er Spion – mit tollen Verbindungen zu sämtlichen Spionage-Organisationen, die fremde Mächte hier in der Bundesrepublik unterhielten. Er lebte gefährlich. Aber das paßte zu ihm.

Er war ein großer, schlacksiger Typ und bewegte sich auf nette Weise linkisch, weshalb er wie ein Junge wirkte: harmlos und unbeholfen. Das täuschte. Hinter dem schmalen, glatten Gesicht steckten Kaltblütigkeit und ein dehnbares Gewissen. Was ihm, Bernd Wacker, nützte, war erlaubt. Er kannte keine Skrupel.

Das Telefon schrillte.

Beide fuhren hoch.

Es stand auf dem Nachttisch. Bernd griff zum Hörer.

„Wacker."

Hildegard beugte sich vor, so daß sie mithören konnte.

„Hallo, Bernd!" sagte Karsoff am anderen Ende der Leitung. „Schöne Pleite, was? Deine Kleine riskiert Kopf und Kragen, und wir, die bösen Buben von der Konkurrenz, schöpfen den Rahm ab. Aber so ist das nun mal im Leben und in unserem Handwerk: Es gibt immer Gewinner und Verlierer. Stimmt's?"

„Verdammtes Schwein!" sagte Bernd mit völlig ruhiger Stimme.

„Aber, aber! Wir wollen doch sachlich bleiben. Es geht nicht um Sympathien, sondern ums Geschäft."

„Verdammter Hund! Die Pest wünsche ich euch beiden an den Hals."

„Kriegen wir aber nicht", lachte Karsoff. „Vor der letzten Reise in tropische Gegend haben wir uns impfen lassen."

„Was willst du? Ihr habt doch jetzt alles."

„Stimmt! Und bei der ersten Durchsicht hat's uns lang auf den Rücken geworfen. Das ist wirklich ein dickes Ei. Der Wert unter Brüdern – ich schätze: eine Million. Oder wolltet ihr mehr kassieren?"

Bernd antwortete nicht.

„Also, Freund Wacker, damit du Bescheid weist: Wir verkaufen an jeden. Bei uns gilt das höchste Gebot. Ihr könnt die Unterlagen zurückhaben. Aber dann müßt ihr mitbieten. Zunächst verlangen wir eine Million. Das wollte ich dir sagen. Ende."

Er legte auf. Bernd warf den Hörer auf die Gabel.

Auf den Block schrieb er: *Die werden sich wundern. Jetzt nehme ich den Kampf auf. Wir jagen ihnen die Unterlagen ab. Von mir aus hart auf hart – und wenn alles in Scherben fällt.*

Hildegard schluckte, als sie las. Dann nickte sie.

Während der nächsten zwei Stunden suchten sie die vier Räume des kleinen Hauses nach Abhörgeräten, sogenannten Wanzen, ab. Das heißt: Bernd gab die Anweisungen. Hildegard suchte.

Sie fanden vier, in jedem Raum eine. Sie waren raffiniert versteckt.

Wanze Nummer fünf entdeckte Bernd dann im Telefon.

„Das sollen sie büßen", murmelte er, „und das *werden* sie büßen. Sowas laß ich nicht mit mir machen, ihr Hunde!"

# 3. Leiermann mit Äffchen

Es war noch heller Tag, als Tarzan Dr. Jakobs Praxis verließ. Zwar zeigte die Uhr schon Viertel nach sechs. Aber das war Sommerzeit. Da machte die Sonne nicht mit. Bei ihr war es erst Viertel nach fünf.

Der Arzt hatte seine Schulter untersucht. Gebrochen war nichts, keine Sehne gezerrt, kein Band gerissen, nur der Muskel geprellt. Jetzt, nach Injektion (*Spritze*) und Einreibung, fühlte sich der Bereich etwas taub an. Aber es schmerzte nicht mehr. Notfalls hätte er sogar ordentlich zuschlagen können.

Allerdings: Trainings-Verbot für eine Woche. Das hatte Dr. Jakob verfügt.

Tarzan trabte in südliche Richtung, überlegte, ob er bei Gaby vorbeischauen sollte, oder bei Karl, verwarf aber beides, bestieg einen Bus der Linie 13 und fuhr bis zum südlichen Stadtrand: Haltestelle Birken-Allee.

Ab hier mußte er laufen. Im Jogger-Tempo verließ er das Weichbild der Stadt. Auf der Zubringerstraße zur Internatsschule herrschte feierliche Abendstille. Nur in den Chausseebäumen probten die Vögel ein Ständchen, und auf den Feldern rechts und links tschilpten Spatzen.

Er erreichte das Schulgelände, trabte durchs Tor und zum Hauptgebäude. Die Arbeitsstunde war beendet. In den Buden ging's laut zu. Das Abendessen im großen Speisesaal stand bevor, wie am Klappern und Scheppern von Töpfen und Tellern zu hören war.

Er lief hinauf zum Adlernest, der winzigen Bude, die er mit seinem Freund Klößchen teilte.

Im Flur stieß er mit Fabian Wirsing zusammen, der gerade aus dem Klo kam und stark nach Zigarettenrauch roch.

„Was, Tarzan? Schon zurück? Und? Sieger?"

„Klar. Ich bin Weltmeister geworden. Aber nicht als Judoka, sondern als Anhalter."

„Was?“ Fabian lächelte wie Falschgeld. Das tat er immer, wenn er heimlich geraucht hatte.

„Konnte nicht teilnehmen“, erklärte Tarzan. „Verletzung. Pech! Vielleicht ein anderes Mal, nicht wahr?“

„Klar! Verletzt? Wo denn?“

„Ja, siehst du denn nicht, daß ich ein Bein verloren habe.“ Er konnte Wirsing nicht leiden, weil der petzte und – wahrscheinlich – auch klaute. „Dir schlägt das Rauchen wohl auf die Augen, wie? Probier's mal mit frischer Luft, dann hast du wieder klare Sicht.“

Er ließ ihn stehen und ging ins Adlernest.

Langsam, ganz langsam schloß er dort die Tür hinter sich.

„Ist ja schon gut“, sagte Klößchen. „Ich räume gleich auf. Aber wieso bist du überhaupt hier? Ich denke, du verbiegst deinen Gegnern die Knochen und wirst Landesmeister in der Jugendklasse bis 68 Kilo.“

„Was geht hier vor?“

Tarzan deutete auf die beiden Betten, den Arbeitstisch und die dreieinhalb Quadratmeter Fußboden, die nicht vollgestellt waren.

Alles war bedeckt von vielen Tafeln Schokolade. Es mußten 100 sein, vielleicht mehr.

„Hm.“ Klößchen lächelte. Es sollte besänftigend wirken. Sein Mopsgesicht strahlte vor Besitzerstolz. „Das ist Schokolade“, erklärte er.

„Gut, daß du das sagst. Ich hätte es für Schlankheitsrezepte gehalten. Die du sammelst, weil du fest entschlossen bist, mit der Nascherei aufzuhören.“

„Ich bin doch nicht lebensmüde. Aber wieso bist du schon zurück?“

„Lenk' nicht ab! Heute morgen hattest du nur noch . . . nun, es waren höchstens zehn Tafeln. Woher kommt diese scheußliche Menge?“

„Beleidige die edlen Produkte meines lieben Papas nicht! Das alles ist Sauerlichs beste Schokolade. Was die zehn Tafeln betrifft, hattest du recht. Eine Füllung für zwei hohle Zähne. Sowas verspeist man ja in zwei Tagen. Gut, in drei. Und da der Vorrat so knapp war, verstehst du, geriet ich in Panik."

„Und was hast du gemacht?"

„Habe Georg angerufen."

Das war der Chauffeur der Familie Sauerlich und Klößchens besonderer Freund.

„Verstehe", seufzte Tarzan. „Der kam natürlich gleich und lieferte zentnerweise Kakao-Produkte an. Schäm' dich!"

„Aber weshalb denn! Die esse ich doch nicht alle auf einmal!"

„Nein? Was ist los mit dir? Bist du krank?"

Klößchen grinste. „Jetzt nimmst du mich aber auf den Arm."

„Auf den linken bestimmt nicht."

„Oh!" Klößchen riß die Augen auf. Er begriff sofort. Vielleicht lag das an der Freude über seinen beträchtlichen Vorrat. „Hast dir den Arm verknackst, wie? Und mußtest ausscheiden?"

„Schon beim Aufwärmen." Er erzählte. Auch von Hildegard Putz und ihrem seltsamen Verhalten.

„Donnerwetter! Das nervt mich." Klößchen riß eine Tafel auf und begann zu futtern, um seine Nerven zu stärken.

„Vielleicht machst du mein Bett frei, daß ich Kranker mich ausstrecken kann", forderte Tarzan.

„Sofort! Natürlich! Weißt du, ich habe die Tafeln nur ausgebreitet, weil der Anblick so schön ist. Hach, ich möchte mal kopfüber in einen Kübel mit Schokoladenmus springen."

„Bei dir hätte ich nicht mal Sorge, daß du darin erstickst. Bevor dich die Schokolade begräbt, hättest du sie gefressen."

Klößchen nickte. „Da kannst du mal sehen, wofür meine Leidenschaft gut ist."

Tarzan seufzte, legte sich auf sein Bett und entspannte die

Schulter. Heute nacht, das ahnte er, würde er wenig schlafen – zumindest nicht auf der linken Seite.

„Was vermutest du?" fragte Klößchen und meinte Hildegard.

„Sie hat was zu verbergen. Deshalb die Angst vor der Polizei. Was die drückt? Das kann alles Mögliche sein. Aber ich wäre erbarmungslos gewesen, wenn sie Rauschgift in der schwarzen Tasche gehabt hätte oder – Schokolade."

„Ich weiß, daß du Schokolade nicht magst", sagte Klößchen. „Können wir nicht über was anderes lachen?"

„Bevor du weiter frißt – es gibt gleich Abendessen."

„Weiß ich. Oder denkst du, ich vergesse die Mahlzeit. Ebenso wenig vergesse ich unsere Einladung."

„Einladung? Wer? Wann? Wo?"

„Monika Grünke. Morgen. Bei ihr zu Hause."

„Aha. Weshalb?"

Klößchen lächelte, stapelte Tafel auf Tafel und alle in einen riesigen Karton, seinen Vorratsbehälter.

„Wegen ihres Vaters. Der wird morgen vom Oberbürgermeister geehrt. Naja, und für Monika ist das ein Anlaß, um Freunde einzuladen. Ich weiß nicht, wer sonst noch kommt. Viele sind's bestimmt nicht. Monika ist ja sehr scheu. Aber uns, die TKKG-Bande, will sie fürstlich bewirten. Wir sind zu einem frühen Mittagsmahl eingeladen. Ich habe mich schon erkundigt, was es gibt. Es wird himmlisch."

„Soso. Aha! Dann werden wir aufs Abendessen verzichten, und du packst sofort die Schokolade weg. Damit du morgen was essen kannst."

„Kann ich, Tarzan, kann ich. Keine Sorge!"

Nein, dachte Tarzan. In der Beziehung habe ich wirklich keine Sorge. Er wird wieder reinschlagen für fünf. Aber das ist ja bekannt. Gaby, Karl und ich müssen sich deshalb nicht genieren.

„Kriegt er die Retter-Medaille?" fragte er und meinte Robert Grünke, Monikas Vater.

„Kriegt er", nickte Klößchen. „Deshalb ja."

Monika Grünke, 15 Jahre alt, war Gabys Freundin. Monika besuchte das Lyzeum in der Stadt. Kennengelernt hatten sich die beiden im Schwimmclub, wo Monika und Gaby – die meisterlichen Rückenschwimmerinnen – Mitglieder waren. Monikas Vater war Chemiker und in leitender Stellung bei einem großen Chemie-Konzern. Er galt als hervorragender Wissenschaftler. Daß er auch menschliche Qualitäten hatte, bewies seine selbstlose Tat: Unter Einsatz des Lebens hatte er eine alte Frau vor dem sicheren Tod gerettet.

Das war vor drei Wochen gewesen. Die Zeitungen hatten darüber berichtet.

Schauplatz: U-Bahnstation. Zeit: früher Morgen. Nur zwei Personen standen auf dem Bahnsteig, dicht bei den Gleisen: Robert Grünke und die Frau, eine 74jährige Witwe. Auf der Anzeigetafel war die U 8 schon angekündigt. Der Boden zitterte. Der Schacht, aus dem sie jeden Moment kommen mußte, war dunkel wie der Höllenschlund. Ein dumpfes Rauschen lag in der Luft. Der Zug nahte. In diesem Moment begann die Frau zu taumeln. Ein Schwächeanfall. Sie war herzkrank, wie sich später herausstellte. Ehe ihr Grünke – der etliche Schritte entfernt war – hilfreich beispringen konnte, stürzte sie auf die Gleise hinab. Schon dröhnte der Zug heran. Er hätte die Frau, die hilflos liegenblieb, zermalmt. Es ging um Sekunden. Keine einzige verlor Grünke mit unnützem Überlegen. Er sprang hinunter. Der Zug schoß aus dem Schacht. Der schwere Körper der korpulenten Frau wurde von Grünke hochgerissen und auf den Bahnsteig geschoben. Dann schnellte er selbst hinauf. Aber es war so knapp, daß ihm die einfahrende U-Bahn ein Stück vom Mantel wegriß.

„Ist toll gewesen!" meinte Tarzan. „Der Mann hat Mut."

„Hätte leicht schiefgehen können."

„Daran darf man gar nicht erst denken, wenn jemand in Not ist."

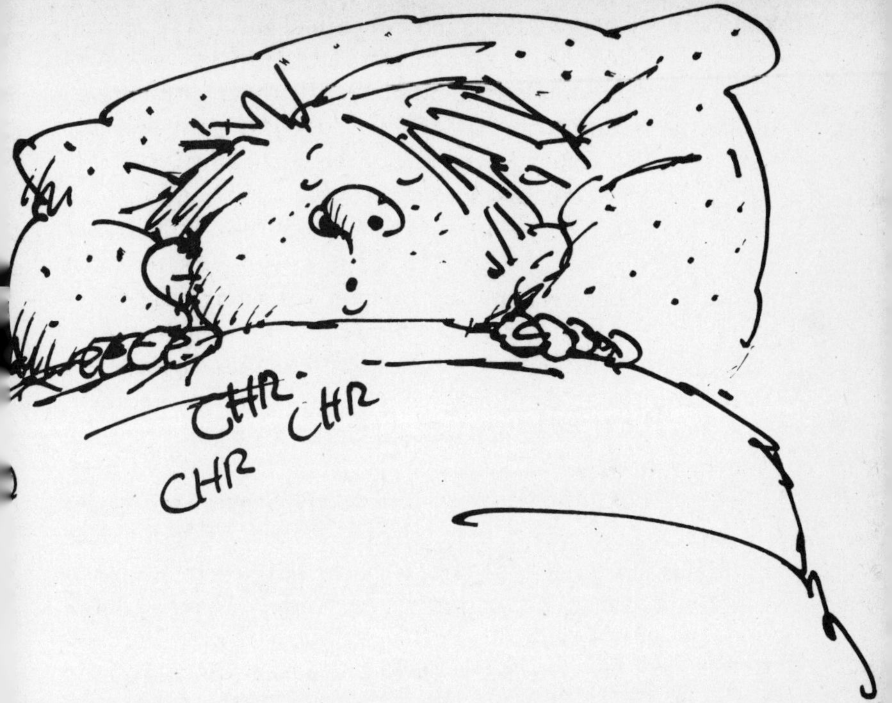


Nachdenklich knabberte Klößchen Schokolade. „Man muß sicherlich auch kaltblütig sein, um sofort das Richtige zu tun. Aber Grünke wirkt eher wie jemand, den alles aus der Fassung bringt: schlechtes Wetter, die politischen Nachrichten, eine Erkältung oder Streit mit den Nachbarn."

Tarzan lachte. „So genau kenne ich ihn nicht."

Es wurde Zeit zum Abendessen.

Beim EvD (*Erzieher vom Dienst*) meldete Tarzan sich zurück.

Klößchen saß im Speisesaal schon am Tisch. Hunderte von Schülern stillten ihren abendlichen Heißhunger, aber Klößchen stellte – wie immer – alle in den Schatten.

In der Nacht wachte Tarzan nur einmal auf. Und das nicht etwa, weil die Schulter geschmerzt hätte, sondern weil Klößchen wie eine Motorsäge schnarchte. Ein nackter Fuß ragte unter der Bettdecke hervor. Tarzan zog kräftig an einer dikken Zehe. Klößchen grummelte, ohne aufzuwachen, drehte sich auf die andere Seite und schnarchte nicht mehr.

★

Ein langweiliger, zum Glück kurzer Vormittag ging zu Ende. Bei der 9b standen heute nur vier Stunden auf dem Plan.

Karl und Gaby waren nach dem Schlußläuten zu ihren Rädern gestürmt und zur Stadt, nach Hause also, gestrampelt.

Tarzan zog ein sauberes Jeans-Hemd an und überprüfte seine Fingernägel.

Klößchen zählte zum dritten Mal seine Schokolade.

„Himmel, Stert und Nylonfaden! Jedesmal kriege ich was anderes raus. Sind's nun 102, 103 oder 104 Tafeln?"

„Nimm doch das arithmetische Mittel (*Durchschnittswert*)", lachte Tarzan.

„Na gut!"

Er klappte sein Tagebuch auf. Unter dem heutigen Datum notierte er den Bestand mit 103 Tafeln Schokolade.

„Dein Kragen ist dreckig", sagte Tarzan. „So gehst du mir nicht zu den Grünkes."

„Bin ja auch noch gar nicht stadtfein."

„Dann wird's aber Zeit."

Später holten sie ihre Tretmühlen aus dem Fahrradkeller und radelten durchs Tor, die Zubringerstraße entlang, in Richtung Stadt. Hin und wieder wurden sie von externen Schülern aus der Abiturklasse überholt. Freilich nur, weil die bereits einen ‚heißen Schlitten' besaßen oder ein Motorrad. Daß sie schaurig angaben und viel zu schnell fuhren, gehörte leider zum guten Ton, war aber in Wahrheit ein Mißton und rücksichtslos gegenüber der Umwelt, die auf dieser Strecke vornehmlich aus Radfahrern bestand.

Vor einem Blumengeschäft in der Innenstadt hatten sich die TKKG-Freunde verabredet.

Tarzan sah Gaby und Karl schon von weitem. Sie lehnten an ihren Rädern, warteten auf die Freunde aus dem Internat, und Gaby hatte bereits einen Blumenstrauß gekauft.

„Er hat 14 Mark gekostet", sagte sie und öffnete das Papier, damit Tarzan und Klößchen begutachten konnten.

Klößchen sah kaum hin. Er verließ sich da ganz auf Pfotes Geschmack.

Tarzan lobte die farbliche Zusammenstellung. Er sei prächtig, sei ein herrlicher Frühlingsstrauß, sogar mit Maikätzchen.

„War der schon fertig, oder habt ihr ihn komponiert (*entwerfen*)?" erkundigte er sich.

Karls Augen lächelten hinter der Nickelbrille. „Das ist Gabys Schöpfung."

„Fast ein Kunstwerk." Tarzan grinste.

„Wenn du mich verulkst", sagte Gaby, „haue ich ihn dir um die Ohren."

„Aber nein!" protestierte er. „Es ist mein heiliger Ernst. Da sagt man mal was Nettes, und schon glaubst du's nicht. Das viele Blau! Weißt du – es hat mich gleich an deinen Pulli erinnert. Und natürlich auch an deine Augen."

Gaby hob mißtrauisch eine Braue, blies gegen ihren goldblonden Pony und sagte, der Strauß wäre viel zu schade, um ihn auf Tarzans Kopf zu zerfetzen.

„Wenn ich dich verkloppe, nehme ich ein Büschel Unkraut."

„Disteln!" schlug Klößchen vor. „Oder Brombeerranken. Die sind so schön stachelig und . . ." Er fing Tarzans Blick auf. „Äh, ich meine ja nur . . . wo wir gerade so lebhaft scherzen."

„Ich bekomme von jedem drei Mark und fünfzig", sagte Gaby.

„Bestimmt hat er", flüsterte Karl den Jungs zu, „nur zehn

Mark gekostet, und sie steckt vier Mark ein. Ich kenne doch die Raffinesse der Wei . . ."

Als Gaby Anstalten machte, ihre himmelblauen Pulloverärmel zum Ellbogen hochzuschieben, rief er schnell: „Du wirst doch noch Spaß verstehen, Pfote, wo wir gerade so lebhaft scherzen."

„Man hat's nicht leicht mit euch", seufzte sie. „Ich wünschte, ich wäre unter Kavalieren. Dann könnte ich mich wie eine junge Dame benehmen."

Sie wickelte den Strauß wieder ein. Vorsichtig klemmte sie ihn mit dem Stielende auf dem Gepäckträger fest.

Die Jungs berappten ihren finanziellen Anteil, und Gaby steckte die Münzen in ein winziges, herzförmiges Portemonnaie, das sie an einer Schnur um den Hals trug. Damit es beim Fahren nicht baumelte, schob sie es in den Kragen ihres dünnen Pullis.

Sie trug weiße Jeans, die Tarzan sehr an ihr mochte, und blaue Ledersandalen. Sie bot einen so hübschen Anblick, daß er sie am liebsten – wie den Strauß – eingewickelt hätte, um diese Anmut und Lieblichkeit vor Witterungseinflüssen und aufdringlichen Blicken zu schützen.

Andererseits wußte er genau: Da hätte Gaby nicht mitgemacht. Sie war zwar süß, aber nicht aus Zucker.

„Oskar habe ich zu Hause gelassen", sagte sie. Gemeint war ihr treuer, schwarzweißer Cocker-Spaniel. „Monika hat ihn sehr gern. Aber ich weiß nicht, ob es ihrem Vater recht wäre, wenn Oskar beim Essen unterm Tisch liegt."

Sie radelten los. Der Weg zu den Grünkes führte sie am Bismarck-Platz vorbei. Dort begann eine der Fußgängerzonen mit schicken Geschäften, Cafés und Restaurants aller Art.

Drehorgelmusik ertönte zwischen den Häusern.

„Ein Leierkastenmann!" rief Gaby.

Tatsächlich! Dort stand er, an der Ecke zur Blumenau-Straße. Die Passanten scharten sich um ihn.

Der Leierkasten auf einem kleinen Wägelchen war nostalgisch (*sehnsuchtsvoll – nach alten Zeiten*) bemalt. Darauf saß ein Äffchen, bekleidet mit rotem T-Shirt und grünem Hütchen. Ab und zu zog es den Hut – als Dank, wenn Münzen auf den Teller fielen.

„Das will ich aus der Nähe sehen!" sagte Gaby.

Sie schoben ihre Räder. Die Drehorgel jaulte. Die Melodie war vom ‚Mariechen, das weinend im Garten saß'.

Wie Tarzan wußte, waren Entertainer (*Unterhalter*) dieser Art äußerst selten, sozusagen ein Überbleibsel von früher, als die Drehorgelspieler noch bei Wind und Wetter über Land und durch die Städte gezogen waren.

Dieser hier sah aus, als wäre er auch zu gescheiter Arbeit zu gebrauchen. Er war groß, stabil und sonnengebräunt. Das lange schwarze Haar hatte er im Nacken zusammengebunden. Er trug einen Zylinder und eine modische Sonnenbrille, die nicht unter 200 Mark zu haben war. Damit er auch wirklich auffiel, hatte er zu den ausgebeulten Jeans eine rote Frackjacke angezogen. Ein weißer Schal hing ihm keck über die Schulter.

Gaby trennte sich von einem Markstück.

Das Äffchen dankte.

Tarzan musterte den Mann. Die Gläser der Sonnenbrille spiegelten nicht. Man konnte die Augen sehen. Der Blick war auf Tarzan gerichtet.

Mindestens 15 Leute umstanden den Drehorgelspieler. Hübsche Frauen und Mädchen waren darunter. Auf jeden Fall hätte es sich angeboten, daß er Gaby beachtete. Aber er starrte nur Tarzan an, und ein feindseliger Ausdruck trat in das gebräunte Gesicht.

Tarzan war mehr überrascht als erschrocken.

Dann wandte der Leierkastenmann den Kopf in andere Richtung, und Tarzan wußte nicht: Hatte der wirklich Haß gezeigt – oder war das nur ein zufälliger Ausdruck in einem fremden Gesicht?

Vielleicht sehe ich Gespenster, dachte er. Kenne den Mann doch gar nicht. Nie gesehen vorher. Und er mich auch nicht. Also, Junge, spinn nicht! Deine Schulter ist geprellt, nicht der Kopf.

Gaby fragte, ob sie das Äffchen streicheln dürfe.

Der Mann schüttelte den Kopf.

„Toller Job (*Stellung*)", sagte Klößchen leise. „Sollte sich später herausstellen, daß ich mich zum Direktor unserer Schokoladenfabriken nicht eigne, werde ich Leierkastenmann."

„Zu anstrengend für dich", urteilte Tarzan. „Die Drehorgel spielt nicht von allein. Du mußt nudeln."

Da sie das Äffchen nicht streicheln durfte, verlor Gaby das Interesse.

Als sich die TKKG-Freunde ein Stück entfernt hatten, griff Karl Klößchens alternativen (*wahlweise – zwischen zwei Möglichkeiten*) Berufswunsch auf und bot eine Kostprobe aus seinem Computer-Gehirn.

„Wenn du Leierkastenmann werden willst, Willi", erklärte er, „brauchst du zunächst eine Drehorgel. Orgelbauer sind rar. Aber es gibt noch den einen oder andern. Für eine neue, leistungsfähige Drehorgel müßtest du um die 7 000 Mark bezahlen. Dann kostet dich der Gewerbescheim beim Ordnungsamt nochmal 50 Mark. Dafür dürftest du dann drei Jahre lang dem Lustbarkeitsgewerbe nachgehen. Das heißt tatsächlich so. Und ist verankert in einem preußischen Gesetz von 1811. Im Artikel 139 sind da die Lustbarkeits-Berufe aufgeführt. Nämlich: Marionettenspieler, Seiltänzer, Equilibristen – das sind Gleichgewichtskünstler –, Taschenspieler, Tierführer, umherziehende Musikanten und all diejenigen, die umherreisen, um irgendeine Sache oder Verrichtung für Geld auszustellen."

„Schokoladenfabrikanten gehören nicht dazu?" erkundigte Tarzan sich scheinheilig.

„So eine Frage!" empörte Klößchen sich. „Schokoladenherstellung ist keine Lustbarkeit, sondern eine Notwendigkeit. Auf Seiltänzer kann man verzichten, auf Schokolade nie."

Seine Freunde lachten. Bevor sie weiterfuhren, drehte Tarzan sich um.

Es war so ein Gefühl, das er hatte: den berühmten Blick im Rücken, den man spürt.

Und tatsächlich! Der Leierkastenmann sah ihnen nach.

Für einen Moment fing Tarzan seinen Blick auf. Und wieder schien es, als hätte der Mann mit ihm noch ein Hühnchen zu rupfen.

# 4. Spionage bei der Nato

Monikas Mutter lebte nicht mehr. Das Mädchen versah die Pflichten der Hausfrau. Strahlend empfing es die TKKG-Freunde an der Tür.

„Willkommen! Habt ihr etwa Blumen mitgebracht?"

„Die sind zwar auch für dich", sagte Gaby. „Aber eigentlich soll sie dein Vater bekommen. Schließlich wird er heute geehrt."

„Da wird er sich freuen. Er muß jeden Moment aus dem Rathaus zurück sein."

Monika hatte sich eine Schürze umgebunden. Sie war schlank und etwas größer als Gaby, nicht direkt hübsch, aber liebreizend und überall gern gesehen. Zu ihrem hennaroten Kraushaar paßten die Sommersprossen. Sie hatte große braune Augen, die meistens etwas wehmütig blickten.

Klößchen schnupperte in Richtung Küche. „Riecht sehr gut. Wenn es nur halb so gut schmeckt, darfst du mich öfters einladen."

„Das ist Willis bescheidene, zurückhaltende Art", erklärte Gaby. „Man erträgt es. Trotzdem, Monika, rate ich dir: Schließ dich ein in der Küche, damit er dir nicht dauernd in die Töpfe guckt."

„Also, ein Topfgucker bin ich nicht", verteidigte sich Klößchen. „Ich liebe die Überraschung beim Essen. Was gibt es denn?"

„Laß dich überraschen", lachte Monika.

Der kleine Eßraum war vom Wohnzimmer durch einen bogenförmigen Durchgang getrennt. Monika hatte für sechs Personen gedeckt. Andere Gäste wurden offenbar nicht erwartet.

Sie verschwand in der Küche, tauchte aber wieder auf, als der Wagen ihres Vaters vor dem Haus hielt.

Robert Grünke kam herein und begrüßte die Kinder.

Sie gratulierten ihm zu der Ehrung.

Ein stilles Lächeln war auf seinem Gesicht wie festgeklebt. Auch über die Blumen freute er sich offensichtlich. Aber froh wirkte er nicht, eher niedergeschlagen, als drückten schwere Sorgen auf ihn.

Er war zwar groß, aber feingliedrig und schmal. Er hatte ein längliches, offenes Gesicht. Die Stirnglatze reichte weit hinauf. Man konnte sich vorstellen, wie er mit Argusaugen (*mißtrauischen Beobachtungen*) Retorten (*Kugelgefäße*) und Reagenzgläser (*Probiergläser*) überwachte. Das war seine Welt.

„Die Ehrung beim Oberbürgermeister war feierlich," erzählte er. „Aber ich hätte gern darauf verzichtet. Irgendwie ist es peinlich, wenn um Selbstverständlichkeiten so ein Gehabe gemacht wird. Daß man so eine arme Frau nicht auf den Schienen liegen läßt, gebietet die Menschlichkeit. Die Frau war es dann auch, die an den Oberbürgermeister geschrieben hat, damit ich die Lebensrettermedaille erhalte." Er hob die Achseln. „Sie hat's gut gemeint."

Er zeigte die Medaille.

Sie lag in einem Lederetui, sah aus wie echt Gold und wurde von den Kindern bewundert.

„Jetzt habe ich mächtigen Hunger", lächelte Grünke. „Wollen doch mal sehen, womit Monika uns bewirtet."

Klößchen saß als erster am Tisch.

Als Vorspeise gab es Spargelcremesuppe, anschließend Waldpilze mit Rahmsoße und Semmelknödel, zum Abschluß Schokoladenmus.

Es schmeckte, nein, es mundete großartig. Alle waren des Lobes voll. Klößchen glühte vor Begeisterung. Sein besonderes Interesse für Monika war erwacht. Tarzan entging nicht, wie hingebungsvoll sein dicker Freund die – junge – Dame des Hauses beäugelte.

Wenn ein Mädchen gut kochte, hatte es bei Klößchen gewonnen. Sicherlich – es gab da noch andere, für die er schwärmte. Zur Zeit hatte es ihm eine vollschlanke Brieffreundin aus Berlin angetan, eine gewisse Sonja, die seine Leidenschaft für Schokolade und Süßigkeiten teilte. Aber wer ein Schokoladenmus bereiten konnte wie dieses hier – auch so eine Köchin genoß sein Wohlwollen.

Tarzan mußte von seinem verpatzten Judo-Turnier erzählen.

Was er mit Hildegard Putz erlebt hatte, erfuhren die Grünkes nicht.

Gaby und Karl wußten es bereits. Gleich heute morgen vor Schulbeginn hatte er ihnen alles berichtet.

„Und wie geht's der Schulter jetzt?" fragte Grünke.

Tarzan lachte. „Wenn das Turnier heute wäre – ich glaube, ich wäre dabei."

„Und würdest riskieren, auf dem letzten Platz zu landen", sagte Gaby. „Von mir hast du Startverbot."

„Gut so, Gaby!" meinte Grünke. „Paß auf die Jungs auf! Diesen rauhen Burschen kann es nur nützlich sein, wenn eine zarte Hand etwas zügelt".

Klößchen und Karl setzten sich steil auf. Das Grünke sie zu den rauhen Burschen rechnete, gefiel ihnen.

„Das mit dem Zügeln fällt schwer", lächelte Gaby. „Meistens muß ich aufpassen, daß ich nicht untergebuttert werde."

Das rief Protest hervor.

„Aber, Pfote!" empörte Tarzan sich. „Wie kannst du! Wo wir dir doch aus der Hand . . . eh . . . fressen. Und jeden Wunsch von den Augen ablesen."

„Und dich wie ein Ehrenmitglied behandeln", fügte Karl hinzu. „Voller Respekt und Ritterlichkeit."

„Wie ein rohes Ei behandeln wir dich", nickte Klößchen. „Wie ein rohes, nicht wie ein gekochtes."

Gaby sah Monika an und verdrehte – scheinbar verzweifelt – ihre Blauaugen.

„Hör' dir das an, Moni! Wie zahm die werden, wenn sie satt sind."

Auch Grünke lachte. Aber wieder schien es Tarzan, als müßte er sich sehr dazu zwingen. War er immer so? Kein Spielverderber zwar, aber ein Trauerkloß, der mit hängenden Ohren Trübsal blies und Begräbnisstimmung verbreitete? Wohl kaum. Also lag was vor, das ihn dämpfte. Mit der Verleihung der Retter-Medaille hing das sicherlich nicht zusammen. Aber vielleicht hatte er beruflichen Ärger oder eine heimliche Sehnsucht, die sich nicht erfüllte.

Klar, daß die TKKG-Freunde sich erboten, Monika in der Küche zu helfen. Das sah dann so aus: Die Mädchen, Tarzan und Karl trugen das Geschirr hinaus. Klößchen beaufsichtigte, daß alles ordentlich in die Geschirrspülmaschine gestellt wurde. Er betätigte dann den Knopf, der sie in Gang setzte.

Grünke hatte sich in einen hochlehnigen Sessel zurückgezogen, schluckte eine Tablette und schlug die Tageszeitung auf.

Tarzan sah zufällig hin und – verharrte wie angewurzelt.

Er zwinkerte rasch, glaubte, nicht richtig zu sehen – und doch war es Wirklichkeit.

Auf der ersten Zeitungsseite war das Foto einer Frau abgedruckt.

Diese Frau war – Hildegard Putz.

Die Schlagzeile über dem dreispaltigen Artikel lautete: *Größte Spionage-Affäre innerhalb der Nato!*

Tarzan mußte sich bremsen, um Grünke nicht die Zeitung wegzureißen.

„Herr Grünke! Darf ich mal die erste Seite sehen! Die Frau, die da abgebildet ist – die kenne ich."

„Die Spionin?" Erstaunt ließ Grünke das Blatt sinken.

„Sie ist Spionin? O je! Ich bin ihr gestern begegnet. Sie kam mit ihrem Wagen aus Brüssel, hat mich als Anhalter mitgenommen und wurde von zwei Typen . . . Um Himmels willen! Jetzt geht mir ein Seifensieder auf."

„Ist es wirklich die?" Grünke reichte ihm die Zeitung.

Es gab keinen Zweifel. Hildegard Putz, wie sie leibt und

lebt. Sie lächelte in die Kamera. Unter dem Foto stand auch ihr Name.

„Das ist sie!" rief Tarzan. „Kreuzitürken! Jetzt kann ich mir denken, was in der schwarzen Aktentasche war. Kein Rauschgift! Auch keine . . . eh . . . Schokolade! Sondern streng geheime Papiere! Und ich . . . Himmel, hat die mich eingewickelt! . . . helfe ihr auch noch! Ich könnte mich . . .! Das ist ja fast, als wäre ich mitschuldig."

„Was? Das ist die, von der du erzählt hast?" erkundigte Gaby sich im Namen seiner Freunde.

Tarzan nickte. Die Zeitung wurde auf den Tisch gelegt. Alle wollten lesen. Sechs Köpfe beugten sich über das Blatt.

„Nato?" fragte Klößchen. „Was ist das noch schnell?"

„Hast wieder in Gegenwartskunde gepennt", rügte Karl. „Nato ist die Abkürzung für Nordatlantikpakt-Organisation. Heißt so, weil ihr folgende Staaten angehören: Belgien, Holland, Luxemburg, die Bundesrepublik, Dänemark, Frankreich, Griechenland, Großbritannien, Island, Italien, Kanada, Norwegen, Portugal, Türkei und die USA. Es ist ein militärisches Bündnis. Und soll die Freiheit der westlichen Welt garantieren – falls in der Welt hinter dem Eisernen Vorhang Kriegsgelüste erwachen. Das Nato-Hauptquartier befindet sich in Brüssel."

„Richtig!" nickte Klößchen. „Jetzt fällt es mir wieder ein."

Tarzan hatte den Artikel überflogen und las bereits zum zweiten Mal.

Es war irre. Bei Hildegard Putz, 31 Jahre, handelte es sich um die Sekretärin eines der höchsten Nato-Beamten im Brüsseler Hauptquartier. Seit sechs Jahren hatte sie dort gearbeitet und als äußerst zuverlässig gegolten. Über ihren Schreibtisch gingen deshalb Dokumente, Papiere, Pläne mit dem höchsten Geheimhaltungsstempel.

Eine Sekretärin wie sie, hieß es wörtlich, wisse meistens besser Bescheid als der Chef. Jedenfalls hatte sie Zugang gehabt zu allen Nato-Geheimnissen.

Gestern morgen hatte sie sich überraschend krank gemeldet. Spätnachmittags entdeckte man dann, daß wichtigste Papiere aus dem Safe fehlten. Unter anderem der geheime Nachrichten-Code und Pläne für das Nato-Alarmsystem.

Als nächstes stellte man fest: Hildegard Putz war verschwunden. Aus ihrem Apartement hatte sie alle persönlichen Dinge mitgenommen, hatte auch ihr Bankkonto aufgelöst und den Wohnungsschlüssel beim Hausmeister in den Briefkasten geworfen – was Ordnungsliebe verriet. In einem Abschiedsbrief, den sie in ihrer Wohnung zurückließ, schrieb sie, man möge ihr verzeihen, sie könne nicht anders.

Damit war alles klar, die Katastrophe ungeheuerlich, die Nato in Aufruhr. Fieberhaft hatte man nach der Frau gesucht, aber nur festgestellt, daß sie mit ihrem Wagen in Richtung Grenze gefahren sei. Die Wahrscheinlichkeit, daß sie sich noch diesseits des Eisernen Vorhangs befinde, also in der Bundesrepublik, wurde als gering eingeschätzt.

„Aber nein!" rief Tarzan. „Gestern kam sie hierher in die Stadt. Und ich hatte nicht den Eindruck, daß sie mit der nächsten Maschine in östliche Richtung abschwirrt. Wollte sie das, hätte sie doch zig Flughäfen, die näher an Brüssel liegen, ansteuern können."

„Logisch!" Karl nahm seine Nickelbrille ab und wußte nicht recht, sollte er sie am rechten oder am linken Ärmel polieren.

Klößchen sah Tarzan respektvoll an. „Also wirklich! Dir laufen die tollsten Kaliber über den Weg."

„Und nun?" fragte Monika, der die Aufregung rote Wangen machte – kaum daß die Sommersprossen sich noch abhoben.

„Das ist eine Sache für den Verfassungsschutz und fürs Bundeskriminalamt", sagte Tarzan. „Aber erst verständige ich Gabys Vater. Der wird alles in die Wege leiten."

Zunächst rief er bei Glockners an, denn noch war Mittagszeit und der Kommissar wahrscheinlich zu Hause.

Und tatsächlich – er meldete sich.

„Ich bin's, Herr Glockner. Wir sind bei Grünkes. Eben habe ich in der Zeitung von der Spionage-Affäre bei der Nato gelesen. Also, diese Hildegard Putz, die kenne ich. Hatte gestern mit ihr zu tun. Vielleicht ist sie noch hier in der Stadt."

Kommissar Glockner schwieg für die Dauer eines Atemzugs. Dann sagte er: „Ich wollte gerade zum Präsidium aufbrechen. Bleib bei Grünkes. Ich komme vorbei."

Zehn Minuten später hielt sein weißer BMW vor dem Haus.

Emil Glockner war ein großer, kräftiger Mann mit wachsamen Augen. Die Kinder, einschließlich seiner Tochter, gingen für ihn durchs Feuer. In vielen Fällen hatte ihm die TKKG-Bande wertvolle Hinweise geliefert oder seine Hilfe in Anspruch genommen.

Er kannte Herrn Grünke. Bei einem Wettkampf des Schwimmclubs, dem ihre Töchter angehörten, waren sie sich begegnet.

Der Kommissar hatte ein Tonbandgerät mitgebracht – ein tragbares der Sorte, wie sie von Reportern bei Interviews (*Befragung*) benutzt wird.

„Das erspart dir, daß ich dich zum Präsidium mitnehme, Tarzan", erklärte er, nachdem er alle begrüßt hatte. „Du berichtest, was du weißt. Recht so?"

Alle setzten sich um den Tisch. Bandgerät und Mikrofon wurden aufgestellt. Monikas Gesicht glühte vor Spannung. Auch ihr Vater war erwartungsvoll.

Glockner schaltete das Gerät ein, überzeugte sich, daß es funktionierte, und sprach als erster ins Mikrofon. Er nannte Datum, Uhrzeit, Ort und Anlaß der Aufnahme.

Dann berichtete Tarzan. Er hielt sich ans Wesentliche, ließ nichts aus, gestattete sich keine Abschweifung und sprach besonders deutlich, wenn es um greifbare Tatsachen ging – wie die beiden Automodelle und die Kennzeichen, die er sich akkurat (*sorgfältig)* gemerkt hatte.

Vom Fahrer des schwarzen Mercedes konnte er nur sagen, daß es sich um einen hellblonden Mann handelte. Aber den mit der gebrochenen Nase beschrieb er eingehend.

Noch während er sprach, fiel sein Blick auf Grünke. Beinahe hätte er gestockt. Was war mit dem Chemiker los?

Sein Gesicht war weiß wie eine getünchte Wand. Der Mund zitterte. Ein fassungsloser Blick auf Tarzan gerichtet, der seinen Bericht in diesem Moment beendete.

Sofort stand Grünke auf. Für eine Sekunde mußte er sich auf die Tischkante stützen.

„Entschuldigung!" murmelte er. „Mir ist nicht gut."

Er schwankte hinaus.

Monika wollte ihm nach. Er schien das zu spüren und winkte ab, ohne sich umzudrehen.

„Mein Vati hat eine empfindliche Galle", sagte sie entschuldigend, nachdem die Tür sich geschlossen hatte. „Diesmal scheint es besonders schlimm zu sein."

Damit gaben sich alle zufrieden, zumal Grünke nach wenigen Augenblicken zurückkam. Er sah aus, als ginge es ihm besser, und er entschuldigte sich abermals.

Der Kommissar hatte es jetzt eilig. Er verabschiedete sich.

„Falls die Kollegen vom Bundeskriminalamt Rückfragen haben", sagte er zu Tarzan, „weiß ich ja, wo sie dich erreichen können. Aber ich glaube, mit deinem präzisen Bericht ist es getan."

Nachdem er gegangen war, zog Grünke sich in sein Arbeitszimmer zurück. Die Kinder redeten noch lange über Spionage, bis ihnen nichts mehr dazu einfiel.

Monika sagte, sie hätte ein paar tolle Platten, die sie gern auflegen würde. Das stieß auf Zustimmung.

Während die beiden Mädchen, Klößchen und Karl hingerissen den heißen Scheiben lauschten, brütete Tarzan über einem Problem.

Wenn das Gallenschmerzen waren, dachte er, fresse ich einen Besen. Nein, Herr Grünke! Was anderes hat Sie umge-

worfen. Ein furchtbarer Schreck war's! Jawohl! Das große Zittern kam über Sie, als ich den Kerl mit der gebrochenen Nase schilderte. Kennen Sie den etwa?

Lange dachte er nach. Dann entschied er, es sei unmöglich, daß Grünke den Autoknacker kenne. Ein Chemiker in seiner Position (*Stellung*) hatte doch keinen Umgang mit Dieben.

Diebe?

Seine Gedanken liefen voran. Weshalb Hildegard Putz Kontakt mit der Polizei gescheut hatte, wußte er jetzt. Aber waren die beiden Mercedes-Typen gewöhnliche Autoknakker? Höchstwahrscheinlich hatten sich die geheimen Nato-Papiere in der schwarzen Tasche befunden. Konnten gewöhnliche Diebe mit einem Blick feststellen, worum es sich handelte? Griffen Diebe nicht zuerst nach Geld, Schmuck und Wertgegenständen?

Sollte mich nicht wundern, dachte er, wenn auch die beiden was mit Spionage zu tun haben.

★

Das Fieber war etwas gesunken. Aber gegen Abend würde es bestimmt wieder ansteigen.

Bernd Wacker fühlte sich elend und sah auch so aus. Er hatte eine schlimme Nacht hinter sich. Ohne Hildegards Betreuung wäre es vielleicht zu einer Lungenentzündung gekommen.

Geschwächt saß er jetzt im Bett und trank Tee in kleinen Schlucken.

„Diese verdammte Erkrankung!" murmelte er. „Sie ist an allem schuld. Wäre ich fit gewesen, hätte ich mich sofort nach deinem Anruf auf die Strümpfe gemacht. Ich wäre dir entgegengekommen und gemeinsam . . . Dann hätten Karsoff und Bulanski ihr blaues Wunder erlebt."

„Bitte, reg dich nicht auf! Jetzt hat's keinen Sinn mehr."

Er nickte. „Ich habe nachgedacht, Hildchen. Es gibt nur

einen Weg, um das Material wieder in die Hände zu kriegen. Wir müssen sie fertigmachen. Ich meine Karsoff und Bulanski."

Erschrocken preßte sie eine Hand an den Mund. „Du meinst, umbringen?"

„Nein! Um Himmels willen! Um die beiden wäre es zwar nicht schade. Aber Mord ist bei mir nicht drin."

„Das hätte ich auch niemals mitgemacht."

„Weiß ich!" Er grinste verzerrt. „Du bist zwar seit heute die meistgesuchte Spionin in ganz Europa, aber trotzdem ein liebes Mädchen, nicht wahr? Mit fertigmachen meine ich: Die beiden müssen Prügel beziehen, bis sie reif sind fürs Krankenhaus. Dann, das kannst du mir glauben, werden sie winselnd verraten, wo die Nato-Papiere versteckt sind."

„Du meinst, sie haben sie versteckt?"

„Klar doch. Sowas trägt man nicht bei sich. Und schon gar nicht läßt man's zu Hause im Schreibtisch."

„Und wer soll sie verprügeln? Willst du das besorgen? Dich könnte ein Windhauch umwerfen."

„Leider. Und bis ich wieder bei Kräften bin, wäre alles zu spät. Aber Kroll und Prassel werden das erledigen."

Fragend sah sie ihn an.

„Das sind zwei üble Schlägertypen", erklärte er. „Für Geld machen die alles. Und sie fragen nicht lange, warum und weshalb. Genau solche Handlanger brauchen wir jetzt."

Sie nickte, schenkte ihm Tee nach und wartete.

„Du müßtest zu ihnen gehen, Hildchen. Bevor die einen Finger rühren, wollen sie Bargeld sehen. Das gebe ich dir mit. Und eine schriftliche Nachricht, damit sie auch glauben, daß ich dich schicke."

„Bernd! Ich kann nicht aus dem Haus. Jedes Kind würde mich erkennen."

„Nicht, wenn du dich verkleidest. Die schwarze Langhaarperücke, die du beim Fasching getragen hast, ist noch da. Wenn du dich anders schminkst und eine Sonnenbrille aufsetzt, bist du nicht mehr du selbst. Nimmst meinen Wagen und kannst dich überall frei bewegen."

„Wenn du meinst."

Sie hatte Angst, und sie fragte sich, ob ihre Nerven das mitmachten. Aber sie sah ein, daß ihr keine Wahl blieb. Grippe und Fieber fesselten Bernd ans Bett. Mit ihm war nicht zu rechnen. Die Zeit drängte. Sobald Karsoff und Bulanski einen Käufer für die Nato-Papiere gefunden hatten, war alles verloren. Also mußte sie handeln, mußte wenigstens diese beiden Schläger beauftragen.

Tränen stiegen ihr in die Augen, als sie daran dachte, wie sie und Bernd sich alles ausgemalt hatten. Auch Bernd kannte die Agenten fremder Spionage-Organisationen. Mindestens zwei Käufer hätte er mit Sicherheit gefunden und dann den einen gegen den anderen ausgespielt, um den Preis hochzutreiben. In wenigen Tagen wäre das Geschäft perfekt gewesen. Einen Berg Geld hätten sie gehabt; und dann wären sie in Richtung Südamerika verschwunden. Für immer. Sogar einen Fälscher, der für sie, Hildegard, einen neuen Reisepaß machen sollte, hatte Bernd schon beauftragt. Den Paß würde sie brauchen, auch wenn sie im Land blieb.

Ungehalten runzelte Bernd die Stirn.

„Worauf wartest du noch?"

Achselzuckend ging sie ins Bad. Seine unwirsche Art machte sie noch trauriger. Aber sie schob das auf seinen Zustand.

Eine halbe Stunde benötigte sie, um sich in eine dunkelhaarige Frau südländischen Typs zu verwandeln.

Als sie sich Bernd vorstellte, patschte er begeistert auf die Bettdecke.

„Großartig! Nicht mal ich würde dich erkennen."

Er nahm seine Brieftasche vom Schreibtisch und zählte zweimal 500 Mark ab.

„Dafür", er grinste, „brechen Kroll und Prassel jedem die Knochen – ohne Ansehen der Person."

Er hatte ein paar Zeilen geschrieben.

Sie schob den Zettel samt Geld in ihre Handtasche und nahm seine Autoschlüssel.

„Fredy Kroll und Thomas Prassel wohnen im selben Haus", erklärte er, „haben aber getrennte Wohnungen: der eine haust im Parterre, der andere darüber. Manchmal wohnen auch irgendwelche Miezen bei ihnen, aber nicht ständig und nicht immer dieselben. Du brauchst nicht viel zu erklären. Alles Nötige habe ich aufgeschrieben."

Er nannte die Adresse.

Als sie schon an der Tür war, rief er ihr nach: „Keine Sorge! Es wird schon gut gehen!"

# 5. Die Schlägertypen Kroll und Prassel

Unter den Bäumen summten Bienen, Hummeln und Fliegen. Die Zweige filterten das Sonnenlicht. Die Hecke schirmte das kleine Grundstück von der Straße ab. Dennoch – Hildegard fühlte sich, als stünde sie in einem Schaufenster und würde von vielen Neugierigen beglotzt.

Sie ging zum Tor, zögerte, blickte die Straße entlang und stellte aufatmend fest, daß sie leer war.

Sie stieg in Bernds VW. Darin roch es nach kaltem Rauch. Rasch kurbelte sie ein Fenster auf.

Eigentlich, dachte sie, bin ich hier sicher. Niemand in der Stadt kennt mich. Niemand weiß, daß Bernd und ich zusammengehören. Außer Karsoff und Bulanski, natürlich. Aber die werden von ihrem Wissen keinen Gebrauch machen. Wäre ja lachhaft, wenn sie sich an die Polizei wenden. Für berufsmäßige Spione wäre das zu riskant.

Die Agnes-Straße, ihr Ziel, lag in einem häßlichen Viertel. Schmale Straßen. Schlaglöcher. Trostlose Häuserzeilen. Weit und breit kein Baum, kein Strauch, kein Park. Blumentöpfe auf dem Fensterbrett – das war der erfreulichste Anblick. Das Viertel wurde fast nur von Gastarbeitern bewohnt. Die waren ja mit allem zufrieden, glaubte man – oder hatten gefälligst zufrieden zu sein!

Sie fand die Adresse, ein schmutziggraues, schmalbrüstiges Haus mit steilem Dach und einem Obergeschoß.

Nebenan hatte ein Grieche seinen Tante-Emma-Laden – wie auch immer das auf Griechisch heißen mochte. Prachtvolles Obst war vor dem Geschäft ausgestellt. Außerdem verkaufte er Knoblauchwürste, garantiert ohne Schweinefleisch, und griechischen Wein.

Hildegard parkte. Bevor sie ausstieg, überzeugte sie sich im Rückspiegel, daß die Perücke richtig saß. Auch ihre Sonnenbrille setzte sie jetzt auf.

An der Haustür waren zwei Klingelknöpfe, aber keine Namenschilder.

Sie zögerte. Oben oder unten? War ja egal, denn . . .

In diesem Moment wurde die Tür geöffnet.

Eine junge Frau stand vor Hildegard. Offenbar wollte sie ausgehen, denn die Einkaufstasche hing ihr am Arm. Außerdem hatte sie volle Kriegsbemalung angelegt. Sie kaute Kaugummi, und ihr breiter Mund war ein verächtlicher, nach unten gekrümmter Bogen.

„Guten Tag!" sagte Hildegard. „Ich möchte zu Herrn Kroll und Herrn Prassel."

„So?" Der Mund kaute weiter. Ein giftgrüner Blick wanderte an Hildegard hinab und hinauf. „Die sind beide nicht da."

„Ach, und wann kommen sie zurück?"

„Ist es wichtig?"

„Sehr wichtig."

„Sie haben es nämlich nicht gern, wenn sie in der Kneipe gestört werden."

Hildegard lächelte verständnisvoll, obwohl sie Kneipen haßte. „Bitte, sagen Sie mir, wo ich sie finde!"

„Hm. Nee, lieber nicht. Fredy wollte entspannen. Der ist sauer auf mich, wenn ich . . . Worum geht's denn?"

„Sie gehören zu Fredy Kroll?"

„Klar, Schwester! Ich bin seine Braut."

„Ich habe einen Auftrag für die beiden." Hildegard bemühte sich um einen forschen Ton. „Und ich bezahle in bar."

„Das ist natürlich was anderes. Fredy und Thomas sind in der *Seerose.* Da gehen Sie die Straße runter bis zur Ecke, dann rechts, dann nochmal rechts und dann sehen Sie's schon."

Hildegard bedankte sich, überlegte, ob sie laufen sollte, und entschied sich doch für den Wagen.

Das Kaugummi-Mädchen war im Laden des Griechen verschwunden.

Hildegard fand die *Seerose* sofort, eine Eckkneipe, die nicht ganz an der Ecke lag. Am Bordstein parkten alte Autos und neue Motorräder, darunter sehr heiße Öfen.

Während sie den VW in eine Lücke manövrierte, fiel ihr ein, daß sie keine Ahnung hatte, woran sie die beiden Schläger erkennen sollte.

Es war eine Männerkneipe. An der Theke lungerten sechs, sieben Schmuddeltypen herum. Sie tranken Bier und Schnaps. Ein anderer Gast betätigte sich am Flipper-Automat. Hinter der Theke stand ein fetter, glatzköpfiger Wirt. In der Ecke lief ein Fernsehapparat, aber der Ton war abgedreht.

Als Hildegard eintrat, verstummten die Gespräche.

Wieder fühlte sie sich wie ein Ausstellungsstück im Schaufenster. Unbehagen krampfte ihren Magen zusammen.

Sie trat zur Theke. Die Männer starrten sie an. Ein pickliger Jüngling in lederner Motorradkleidung begann mit der Zunge zu schnalzen.

Hildegard nickte dem Wirt zu. „Verzeihung, ich suche Fredy Kroll und Thomas Prassel."

In dem fetten Gesicht hob sich erstaunt eine Braue. Dann deutete er auf den Flipper-Spieler.

„Da ist Fredy."

„Danke!"

Der Spielautomat war so weit entfernt, daß Fredy nichts mitbekommen hatte. Soeben vernichtete er eine ganze Flotte von Raumschiffen und auf seinem Boxergesicht lag ein zufriedenes Grinsen.

Er war nicht groß, aber stämmig und trug die Haare als Bürste. Eine unappetitlich rote Narbe zog sich vom linken Auge zum Ohr.

Als Hildegard neben ihn trat, wandte er den Kopf.

„Guten Tag, Herr Kroll! Bernd Wacker schickt mich. Kann ich mit Ihnen reden?"

Sein Grinsen zeigte zwei Zahnlücken.

„Hallo, Schwester! Warum kommt Wacker denn nicht selbst?“

„Er ist krank.“

„Ach nee? Und Sie sind die Krankenschwester? Pflegen Sie auch andere? Da würde ich mir glatt einen Beinbruch erlauben.“

Mein Gott! dachte sie. Wohin hat Bernd mich da geschickt! Dieser Kroll ist ein widerlicher Kerl! Aber ich muß gute Miene machen zum bösen Spiel. Wir brauchen ihre Dienste. Die beiden müssen – wie sagt man? – die Dreckarbeit ausführen.

Sie lächelte.

„Also?“ fragte Kroll. „Worum geht's?“

„Bernd bittet Sie und Thomas Prassel, einen Auftrag zu übernehmen. Jemand soll einen Denkzettel erhalten.“

Krolls Boxergesicht bemühte sich um einen erstaunten Ausdruck. „Aber, aber! Das hört sich ja an, als sollten wir jemanden zusammenhauen!“

Sie nickte.

„Und damit kommen Sie zu uns, Schwester? Das muß eine Verwechselung sein. Wir sind die friedfertigsten Leute der Stadt. Nicht wahr, Thomas?“

Das galt einem Mann, der eben von der Toilette zurückgekommen war und nun zu ihnen trat.

Er war groß, schlank, ziemlich jung und sah intelligenter aus als Kroll, aber auch viel gefährlicher mit seinen farblosen Eisaugen.

„Was ist los?“

Hildegard wiederholte ihr Anliegen, nahm Bernds Zettel aus der Tasche und reichte ihn Prassel.

Er las. „Karsoff und Bulanski. Soso?“ Ausdruckslos sah er seinen Komplicen an. „Kennst du die beiden? Mir ist, als hätte ich die Namen schon gehört.“

„Weiß nicht.“ Kroll hob die Achseln. „Man hört so viele Namen.“

Prassel schnippte gegen das Blatt. „Die Adresse steht drauf. Wäre ja auch schlimm, wenn es zu einer Verwechselung kommt. Aber, wie Fredy schon sagte, Fräulein . . .“

„Ich heiße Hilde“, sagte sie widerwillig.

„ . . . wie Fredy schon sagte, Fräulein Hilde, sind wir im allgemeinen friedlich und gottesfürchtig. Und tun unseren

Mitmenschen nichts an. Außerdem verabscheuen wir jede Form von Gewalt. Lediglich aus alter Freundschaft zu Bernd könnten wir uns überwinden und genannten Typen zu lokkeren Zähnen und blutigen Köpfen verhelfen. Aber das wäre nicht umsonst."

Hildegard griff in die Tasche.

„Bernd hat mir 1 000 Mark mitgegeben."

„Oh!" Kroll schien beeindruckt. „Dafür leisten wir ganze Arbeit. Kaffeetopf und Bulhansi werden sich wundern, wenn . . ."

„Karsoff und Bulanski!" wurde er von Prassel berichtigt. „Merk' dir die Namen. Damit wir auch wirklich die Richtigen erwischen."

Kroll grinste.

Prassel ließ sich das Geld geben und reichte Krolls Anteil gleich weiter.

„Dann grüßen Sie Bernd, Schwester! Wir werden die Sache sofort erledigen."

Er fragte noch, ob Hildegard einen Schnaps mittrinke. Aber sie lehnte dankend ab und floh aus der Kneipe.

Erst als sie im Wagen saß und zur Oster-Allee zurückfuhr, ließ ihr Unbehagen nach.

★

Seit gestern abend ging es bei ihnen rund. Emsig hatten sie die alten Kontakte aufgefrischt: Kontakte zu den Agenten ausländischer Spionage-Organisationen.

Der Meistbietende sollte die geheimen Nato-Papiere bekommen. Darüber waren Karsoff und Bulanski sich einig. Freilich hing diese Entscheidung nicht nur von ihnen ab. Auch sie waren austauschbare Figuren in einem gefährlichen Spiel. Alles was sie taten, bedurfte der Zustimmung ihres Chefs, dessen Deckname Helmut war. Er trat nur selten in Erscheinung, schien aber überall und nirgends zu sein und beanspruchte 40 Prozent von jedem Gewinn. Karsoff und Bulanski kamen mit je 30 Prozent etwas schlechter weg. Freilich – da die Nato-Papiere nicht unter einer Million weggehen sollten, konnte jeder mit seinem – zu erwartenden – Anteil zufrieden sein.

Jetzt, am frühen Nachmittag, saßen die beiden in ihrem Bungalow, den sie gemeinsam bewohnten.

Karsoff war seit fünf Jahren geschieden. Seine Frau hatte es nicht bei ihm ausgehalten, obwohl sie nicht wußte, was er in Wirklichkeit trieb. Er war Eigentümer eines kleinen Cafés, das er verpachtet hatte. Offiziell (*amtlich*) lebte er von diesen Einnahmen.

Leo Bulanski war ein großer, fetter Kerl mit dickem Schnurrbart und dicken Brillengläsern. Auf seinem Schädel gedieh kein Härchen mehr. Er war kahl wie ein Ei. Darunter litt er. Die Kahlheit verursachte ihm Minderwertigkeitskomplexe. Daß er sich unter einer silberblonden Perücke versteckte, half nur wenig. Er wußte ja, wie er aussah, oben ohne.

Bis vor kurzem hatte er mit seiner herrschsüchtigen Mutter zusammen gelebt. Als sie hochbetagt starb, zog er zu Karsoff.

Auch Bulanski ging – neben seiner Spionage-Tätigkeit – einem ehrbaren Beruf nach. Er war Fotograf und besaß ein Foto-Geschäft.

„Eigentlich hätte ich's mir einfacher vorgestellt", brummelte er in diesem Moment.

„Was willst du!" Karsoff kratzte sich am Kinn. „Eine Million ist eine Million. Die zahlt keiner einfach so aus der Westentasche. Für das Geld wollen die Leute sichergehen. Wir müssen sie überzeugen, daß wir wirklich den absoluten Heuler haben. Das Geheimste vom Geheimen aus der Nato."

Bulanski schüttelte mißbilligend den Kopf. „Immer dieses Mißtrauen! Wo doch groß und breit in der Zeitung steht, was die Putz geklaut hat."

„Unseren Leuten genügt das eben nicht. Papier ist geduldig. Die Zeitungen können sonstwas drucken."

Mit der freundlichen Bezeichnung ‚unsere Leute' waren die Agenten gemeint, die als Käufer in Frage kamen.

„Drei haben wir verständigt." Bulanski hob drei nikotingelbe Finger, damit kein Irrtum entstand. „Wunderlich, Cojarczik und die Hensch. Alle wollen Kostproben."

„Kann man doch verstehen. Wer kauft schon die Katze im Sack."

„Hm, Hm!" Bulanski prüfte den Sitz seiner Perücke und sah durch das breite Blumenfenster zur Straße.

Ein Wagen rollte langsam vorbei. Zwei Männer saßen drin. Offenbar blickten sie herüber. Aber mit seinen schwachen Augen konnte Bulanski nicht erkennen, wer es war. Er sah lediglich, daß es sich um einen dunklen Wagen handelte.

Karsoff hätte mehr erkannt, saß aber mit dem Rücken zum Fenster.

„Telefonate müssen jedenfalls unterbleiben, Leo. Ist einfach zu gefährlich. Wer weiß, ob Wunderlich, Cojarczik oder die Hensch nicht längst abgehört werden – vom Verfassungsschutz, meine ich. Außerdem kann man durchs Telefon keine Kostprobe liefern."

„Was machen wir dann?"

„Wir fotokopieren (*ablichten*) eine x-beliebige Seite des Nato-Materials."

„Und?"

„Jeder der drei kriegt eine. Mit einer Seite allein können sie nichts anfangen. Aber es beweist, daß wir was Tolles in der Hand haben. Und dann sollen sie ihren Preis bieten. Bei einer Million, wie gesagt, fängt es an."

„Und die Fotokopien lassen wir ihnen – wie immer – über die toten Briefkästen zukommen." Bulanski nickte. „Also gut! Das ist immer noch der beste Weg."

Wieder fuhr draußen der Wagen mit den beiden Männern vorbei, diesmal aus anderer Richtung kommend.

Bulanski beachtete ihn nicht.

Karsoff sagte: „Ich glaube, Leo, wir haben eine Glückssträhne. Die Nato-Sache macht uns reich. Und genauso viel wird Robert Grünke uns einbringen."

„Ich denke, dein Chemiker spurt nicht."

„Der wird schon spuren, wenn ich ihm Dampf mache." Karsoff grinste. „Gut, daß ich daran denke. Er braucht eine kleine Ermunterung."

Karsoff stand auf und wollte zum Telefon, das in der Diele stand. Zufällig blickte er zur Straße, wo jetzt der dunkle Wagen zum dritten Mal auftauchte. Er hielt, stieß rückwärts in die Garageneinfahrt und war dann nicht mehr zu sehen, weil die Garage ihn verdeckte.

„Wir kriegen wohl Besuch?" fragte Bulanski.

„Scheint so." Aus schmalen Augen starrte Karsoff hinaus. Er war angespannt. Sein schlechtes Gewissen meldete sich bei der kleinsten Ungewöhnlichkeit.

Aber dann atmete er auf. „Es sind Prassel und Kroll."

Er ging zum Eingang und öffnete, bevor sie klingelten.

„Hallo!" Grinsend hielt Kroll ihm die geballte Faust vors Gesicht. „Wir kommen, um euch zur Schnecke zu machen. Jetzt gibt's Dresche, daß die Fetzen fliegen."

Karsoff wischte die Faust weg. „So früh am Tag schon blau? Nun tritt erstmal ein, Fredy!"

Er gab ihm und dann Prassel die Hand. Im Wohnraum wurde Bulanski von den beiden Schlägern begrüßt.

„Bier?" fragte Karsoff.

„Aber immer!" nickte Kroll. „Mann, hier gibt's nirgendwo einen Parkplatz. Wir haben uns in eure Einfahrt gestellt."

Karsoff nahm zwei Flaschen aus dem Kühlfach der Hausbar und schenkte ein.

Feixend sah Prassel zu. „Es stimmt schon, was Fredy sagt. Wir haben 1 000 Mark dafür kassiert, daß wir euch krankenhausreif schlagen. Ist'n Witz, was? Und ein Glück, daß der liebe Auftraggeber offenbar hinter dem Mond lebt. Jedenfalls weiß er nicht, wie dick wir miteinander befreundet sind, hahahah!"

Karsoff reichte jedem ein Glas.

„Nun rat doch mal", sagte Kroll, „wer uns beauftragt hat!"

Karsoff griff sich mit theatralischer Geste an die Schläfe. „Nun, ich nehme an, ein gewisser . . . Bernd Wacker."

Prassel verschluckte sich und begann zu husten.

Kroll ließ beinahe sein Glas fallen. „Donnerwetter!" meinte er. „Du lebst wohl nicht hinter dem Mond. Stimmt! Wakker ist der liebe Junge. Allerdings war er nicht selbst da. Er hat seine Puppe geschickt, eine gewisse Hilde, falls sie wirklich so heißt. So ein rabenschwarzes Luder, das sich wohl sehr fein vorkommt. Weshalb ist Wacker sauer auf euch?"

„Ja, weshalb?" forschte Prassel, der jetzt Hustentränen in seinen Eisaugen hatte. „Ihr habt doch früher zusammengearbeitet".

„Das ist lange vorbei", antwortete Karsoff ausweichend. „Wir haben ihm was weggenommen. Deshalb ist er sauer. Will's zurück haben. Kriegt es aber nicht. Und bildet sich ein, wir würden nachgeben, wenn er uns weichprügeln läßt."

Die beiden Schläger blieben nicht lange. Nach dem dritten Bier zogen sie ab.

„Wacker macht mir Sorgen", brummelte Bulanski. „Das ist ja regelrecht eine Kampfansage."

„Wenn er es so haben will, bitte. Um den und sein Täubchen kümmern wir uns noch. Aber wichtiger ist jetzt, Leo, daß wir die toten Briefkästen mit den Fotokopien versorgen."

Bulanski stand auf. Die Fotokopien herzustellen, war seine Aufgabe. Sowas fiel in den Bereich seiner Tätigkeit. Er ging in den Keller hinunter, wo in einem Hobbyraum das Fotokopiergerät stand.

Karsoff überlegte einen Moment. Wovon, zum Henker, hatten Kroll und Prassel ihn abgelenkt – vorhin? Was hatte er gerade . . . Ach so! Grünke anrufen, ihm Dampf machen!

# 6. Toter Briefkasten auf Q 23/14

Mit dem Zuhören war es nicht mehr getan. Die Hits, die Monika auf ihren Langspielplatten hatte, gingen ins Blut. Allerdings waren es die Mädchen gewesen, die die Jungs – recht energisch – ermuntern mußten.

Jetzt tanzten sie schon die vierte Runde, wie Tarzan es ausdrückte. Er hielt Gaby im Arm. Offen tanzen ging nicht, denn es handelte sich um einen schmalzigen Wange-an-Wange-Schwof.

Monika wurde von Karl geschwenkt. Aber nur solange, bis Klößchen wieder bei Puste war. Dann klatschte er ab und legte Monika einen Arm um die Hüften. Höher reichte er nicht hinauf. Sie war erheblich größer als er.

Gabys Blondhaar kitzelte Tarzan am Ohr. Aus ihrem Pullikragen stieg ein Duft von Frische und kostbarer Seife. Sie bewegte sich leicht wie eine Feder und rückte nicht weiter weg als unbedingt nötig.

„Wir sollten öfter tanzen", murmelte er. „Finde ich irgendwie gut."

Sie erwiderte nichts. Aber dann sagte sie: „Au! Der untere war meiner!"

Er entschuldigte sich.

Abermals wurde die zärtliche Stimme gestört. Das Telefon schrillte. Es stand in der Diele. Sofort stellte Monika die Musik leise. Dann lief sie zum Apparat, meldete sich, sagte: „Ja, Augenblick!" und rief: „Papi, für dich!"

Grünke kam aus seinem Zimmer. Während er telefonierte, stand er so, daß Tarzan ihn beobachten konnte.

Es entging ihm nicht, wie der Mann sich verfärbte. Es war schlimmer als vorhin bei Tisch, und der Schreck schien ihm auch in die Beine zu fahren. Er stützte sich an die Wand.

„Ja", murmelte er. „Ich komme gleich ins Café Brand."

Er legte auf, und die Verzweiflung in seinem Gesicht war nicht zum Ansehen.

Allerdings – außer Tarzan hatte niemand auf ihn geachtet.

Jetzt will ich aber wissen, dachte er, wo ihn der Schuh drückt!

Grünke zog sein Jackett an und steckte den Kopf durch die Tür. „Bis später, Kinder! Ich fahr mal kurz weg."

Durchs Fenster beobachtete Tarzan, wie Grünkes Wagen sich entfernte. Café Brand! Das war nicht weit von hier. Wer den Weg durch die Grünanlage nahm, kürzte ab.

Daß Monika ihrer Freundin eine kosmetische Gesichtspflege zeigen wollte, kam wie bestellt.

Tarzan wartete, bis die beiden Mädchen in Monikas Zimmer verschwanden.

„Kommt mit!" zischte er seinen Freunden zu. „Ich erkläre euch draußen, worum es geht. Es ist wichtig."

In der Diele rief er· „Wir verduften eben mal. Haben noch was zu erledigen, sind aber bald zurück."

Jaja, riefen die Mädchen, schon gut, bis gleich, aber sie sollten die Eingangstür schließen.

Vor dem Haus schwangen die Jungs sich auf die Räder.

„Ich weiß nicht, ob ihr was bemerkt habt", sagte Tarzan. „Grünke steht unter Druck. Irgendwas macht ihn fertig, beziehungsweise irgendwer. Und es hängt mit dem Anruf zusammen, den er eben erhielt. Jemand hat ihn ins Café Brand bestellt. Und dahin geht er so gern wie zu seiner eigenen Beerdigung. Ich meine, wir sollten feststellen, wen er da trifft. Vielleicht können wir ihm helfen. Ist ja schließlich ein Pfundskerl."

„Und ein großzügiger Gastgeber", nickte Klößchen, was für ihn entscheidend war.

„Daß was nicht stimmt, habe ich bemerkt", sagte Karl. „Hab's aber auf die Galle geschoben."

„Ach wo! Grünke ging in die Knie, als ich den Autoknakker mit der gebrochenen Nase beschrieb. Ich verstehe das zwar nicht, aber vielleicht entdecken wir was."

Sie kürzten ab. Auf den Kieswegen im Park mußten sie zeitweilig schieben. Radfahren war verboten, und eine Menge Spaziergänger erging sich in frischer Mailuft. Nur schiebend konnten sie die Leute umgehen.

Das Café Brand lag stadtwärts in verkehrsreicher Gegend und war bekannt für Baumkuchen und Marzipantorten.

An der Ecke parkten Taxis. Die Einkaufsstraße galt als schick und – natürlich – als teuer. Gegenüber dem Café wurde ein Neubau in die Höhe gezogen.

Ein Bauzaun mit Astlochbrettern schirmte zur Straße ab. Betreten war verboten, und Eltern hafteten für ihre Kinder.

Aber nicht deshalb blieb Klößchen außer Sichtweite des Cafés bei den drei Rädern zurück. Schließlich – irgendwer mußte die Tretmühlen bewachen, und das lag mehr in seiner Natur als atemraubende Verfolgungsjagden.

Tarzan und Karl huschten von der Rückseite um den Rohbau herum. Maurer werkelten in der dritten und vierten Etage. Aber niemand verscheuchte die Jungs. Wahrscheinlich wurden sie gar nicht bemerkt.

Verborgen hinter dem Zaun, konnten sie durch die Astlöcher spähen.

Nur eine Straßenbreite trennte sie vom Café. Man konnte hineinsehen wie in ein Goldfisch-Aquarium, denn die ganze Front bestand aus Glas.

„Grünke sitzt an einem Fenstertisch", sagte Karl, „ziemlich weit links".

„Ich sehe ihn."

Der Chemiker hatte eben bei der Serviererin bestellt – mit einem Gesicht, als wäre es ihm gleichgültig, ob sie eine Tablette gegen Kopfschmerzen bringt oder einen Eisbecher mit Sahne.

„Der – oder die – andere ist noch nicht da", sagte Tarzan. „Bin . . ."

Er stockte. Starr beobachtete er den schwarzen Mercedes, der vor dem Café in eine Parknische glitt.

Das war doch . . . Leider spiegelte sich die Scheibe. Noch konnte er den Fahrer nicht erkennen. Aber das Kennzeichen!

Doch nicht! Es stimmte nicht überein mit dem der Autoknacker.

Schon wollte Tarzan den Blick abwenden, als der Fahrer ausstieg. Tarzan riß die Augen auf. Also doch!

Es war der finstere Kerl mit der gebrochenen Nase.

„Karl! Der dort . . . der Mercedes-Fahrer! Das ist der, dem ich den Arm eingeklemmt habe."

Karl stieß einen Pfeifton durch die Zähne.

„Aber er hat jetzt andere Nummernschilder am Wagen", zischelte Tarzan. „Wahrscheinlich wechselt er die aus, wenn er einen Coup vorhat. Dann sind das also Profis, Gewohnheitsverbrecher."

„Irre! Er geht ins Café und . . . Verflucht!"

Karl sprang zurück.

„Was ist los?"

Verdattert beugte Karl sich über seinen rechten Unterschenkel. Die helle Jeanshose zeigte nasse Flecke. Aber es war nicht Zitronenlimonade, was vom Stoff auf seinen Turnschuh stropfte.

Tarzan musterte den Zaun. An der Stelle, wo Karl gestanden hatte, ließen die Bretter in Kniehöhe breite Spalten frei. Außerdem hatte der Zaun etwas Bodenfreiheit, reichte also nicht bis ganz hinunter. Man sah die braunen Pfoten eines kräftigen Boxers, der auf der anderen Seite stand, den Zaun beschnüffelte und offensichtlich seine Pinkelmarke angebracht hatte. Denn auch auf dieser Seite der Bretter liefen Bächlein hinunter.

„Und ausgerechnet, wo ich stehe", lachte Karl. „Warum ist es kein Dackel! Der hätte eine kleinere Blase."

„Darfst es nicht persönlich nehmen", grinste Tarzan. „Hasso ahnte ja nicht, wer hinter dem Zaun lauert. Sonst hätte er sich zurückgehalten."

Wieder äugte er durch sein Astloch. Und sah bestätigt, was er vermutet und gleichzeitig befürchtet hatte.

Der Autoknacker trat in diesem Moment zu Grünke an den Tisch. Mit breitem Grinsen streckte er ihm die Hand hin. Fast schien es, Grünke werde die Hand übersehen. Aber dann verzichtete er doch auf die Zurückweisung, wechselte widerwillig einen raschen Händedruck mit dem Kerl und nickte kurz.

Der Autoknacker setzte sich zu ihm. Das finstere Gesicht lächelte. Er begann zu reden, unablässig. Dabei sah er ab und zu über die Schulter hinter sich, als befürchte er Lauscher.

Grünke hörte schweigend zu. Sein Gesicht drückte Verzweiflung aus.

Gibt's doch nicht! dachte Tarzan. Woher kennt Grünke diesen Verbrecher? Was haben die miteinander zu schaffen?

„Ist ja erschütternd", sagte Karl leise. „Grünke und der! Verstehts du das?"

„Noch nicht. Aber wir bleiben am Ball. Ich habe das sichere Gefühl, das ist ein Fall für TKKG."

Als die Serviererin ihn nach seinen Wünschen fragte, schüttelte der Autoknacker den Kopf. Gleich danach stand er auf. Mit hinterhältigem Grinsen klopfte er Grünke auf die Schulter. Das sollte wohl ermutigen. Aber Grünkes Haltung drückte aus, wie trostlos er sich fühlte.

„Karl, wir müssen rauskriegen, wer das ist!"

„Schaffen wir nicht. Bis wir bei den Rädern sind, ist der Mercedes längst weg. Und wer weiß, ob wir zweirädrig den Anschluß halten könnten."

„Hast recht. Mist, blöder! Wie . . . . Du, die Taxis! Hast du Geld bei dir?"

„Zehn Mark."

„Ich auch. Das reicht weit. Bringen wir also ein Opfer."

Sie liefen zur Ecke, wo der Durchlaß zur Straße war. Einige Schritte entfernt standen die Taxis, vier in einer Reihe. Im ersten wartete eine dralle Frau zeitunglesend auf eine Fuhre.

Tarzan glitt auf den Nebensitz.

„Guten Tag! Wir wollen einen Wagen verfolgen. Machen Sie das? Es ist nichts Ungesetzliches."

Erstaunt sah sie ihn an. „Wohl deine Freundin, wie?"

„Fast erraten", schwindelte er. „Das heißt, sie soll's erst noch werden. Bis jetzt kenne ich sie nur vom Sehen – und weiß nur, wer ihr Vater ist. Den will ich verfolgen. Damit ich Namen und Adresse erfahre. Ja?"

„Von mir aus." Sie ließ den Motor an und schaltete den Taxameter (*Fahrpreisanzeiger*) ein. Dann wandte sie den Kopf, denn hinten stieg Karl ein. „Gehörst du auch dazu?"

„Ist mein Freund", erklärte Tarzan. „Schwärmt genauso für das Mädchen wie ich. Dort, der schwarze Mercedes ist es."

Eben rollte der Autoknacker aus der Parknische. Das Taxi stand in derselben Fahrtrichtung und brauchte sich nur in den Verkehr einzufädeln.

„Ihr seid ja zwei ganz Gewiefte", schmunzelte die Frau – und ahnte nicht, wie recht sie hatte. „Das muß ich heute abend meinem Mann erzählen. Da gibt's also noch Liebe auf den ersten Blick – vielmehr: vom Ansehen. Und ihr scheut keine Mühe, um mehr über die Schöne zu erfahren."

„Sie hat blondes Haar und blaue Augen", sagte Tarzan. „Wenn ich erst weiß, wie sie heißt, werde ich ein Gedicht für sie schreiben. Karl, du hilfst mir dabei, nicht wahr?"

„Klar", meinte Karl, während er mit einem Papiertaschentuch sein bepinkeltes Hosenbein säuberte. „Aber das Gedicht unterschreiben wir beide. Könnte ja sein, sie entscheidet sich für mich."

„Das dürft ihr nicht machen", riet die Fahrerin ahnungslos. „Das Gedicht darf nur von einem kommen. Ist romantischer."

„Werden wir uns merken", nickte Tarzan und ließ den schwarzen Mercedes nicht aus den Augen.

Der Autoknacker schien keine Eile zu haben. Er fuhr in westliche Richtung. Die Straßen wurden ruhiger. Der Trubel der Innenstadt lag hinter ihnen. Der Frau machte es offensichtlich Spaß, bei dieser vermeintlichen Romanze (*Liebelei*) zu helfen. Geschickt hielt sie Anschluß. Dann, als der Verkehr sich verdünnte, ließ sie – um nicht aufzufallen – den Abstand wachsen.

Besorgt beobachtete Tarzan den Fahrpreisanzeiger.

Bei 12,60 Mark waren sie am Ziel.

Der schwarze Mercedes rollte auf den Parkplatz beim West-Friedhof und hielt.

„O je!" sagte die Frau. „Das scheint ein Reinfall zu werden. Hier wohnt die Angebetete bestimmt nicht. Wäre ja makaber (*totenähnlich*). Oder ist ihr Vater vielleicht der Friedhofsverwalter?"

„Das werden wir feststellen." Mit gemischten Gefühlen beobachtete Tarzan, wie der Autoknacker seinen Wagen abschloß und zum Friedhofseingang schlenderte. „Vielen Dank für Ihre Hilfe, meine Dame!"

Er händigte seinen Zehn-Markschein aus. Karl legte drei Mark dazu. Der Autoknacker betrat den Friedhof. Die Jungs stiegen aus. Zum Abschied wünschte ihnen die Frau viel Glück. Dann fragte sie noch, wie sie denn nachher zurück kämen.

„Mit dem Bus", riefen sie und rannten zum Eingang.

Zum West-Friedhof hätte auch der Name Wald-Friedhof gepaßt. Wegen der zahlreichen Laub- und Nadelbäume. Er dehnte sich weit aus, war aber trotzdem überfüllt, weil als letzte Ruhestätte begehrt. Es gab Grabsteine, die über 250 Jahre alt waren und unter Denkmalschutz standen. Normale Sterbliche durften hier freilich höchstens 60 Jahre ruhen, mußten den Platz dann freigeben für andere – wogegen sie, verständlicherweise, keinen Einspruch erheben konnten.

Die Jungs pirschten durchs Tor. Augenblicklich waren sie von friedvoller Stille umgeben.

Mehrere Wege, asphaltiert, aber von Bäumen und Sträuchern gesäumt, begannen hinter dem efeuumrankten Tor. Die Kapelle mit dem Leichenkeller stand nahe der Mauer.

Tarzan sah gerade noch, wie der Autoknacker hinter einer Biegung verschwand.

„Vielleicht trifft er sich hier mit jemandem", vermutete Karl. „Oder glaubst du, er besucht ein Grab?"

„Kaum. Er hat ja nicht mal Blumen mit."

Sie folgten ihm schnell, rannten aber nicht. Das wäre hier ungehörig gewesen.

Der Weg wand sich. Andere zweigten ab. Zahllose. Sie trugen Bezeichnungen mit Buchstaben und Zahlen, damit Besucher, die seltener kamen, sich zurecht fanden. Es gab aufwendige und einfache Gräber, Erbbegräbnisse und Grüfte. Auf vielen Bänken saßen alte Leute, starrten stumm auf die Gräber ihrer Lieben und waren in Erinnerungen versunken. Andere hatten ein kleines Gartengerät und Gießkannen mitgebracht. Sie sagten dem Unkraut den Kampf an und hielten damit das Ansehen ihrer Toten hoch.

Der Autoknacker schien zu wissen, wohin er wollte. Er schritt jetzt zielstrebig, ohne sich umzublicken.

Die Jungs rückten auf. Die Verfolgung war leicht. Bei Gefahr konnte Tarzan mit einem Schritt hinter Büschen verschwinden. Karl hätte sich nicht verbergen müssen. Ihn kannte der Autoknacker nicht.

Jetzt bog er vom Weg ab – in Q 23, wo besonders viele Bäume standen. Die Grabstätte Nr. 14 war sein Ziel.

Verborgen hinter einem dichten Strauch konnten die Jungs ihn beobachten. Sie waren nur wenige Meter entfernt.

Der Autoknacker stand vor einem Grab.

Es hatte keinen Stein, nur eine schüttere Taxushecke zu beiden Seiten. Das Farnkraut wuchs üppig. Der Name auf dem Holzkreuz war verblichen.

Der Autoknacker blickte nach rechts und nach links, überzeugte sich, daß niemand in der Nähe war, bückte sich und fischte eine rostige Blechdose aus dem Farnkraut. Er nahm den Deckel ab und dann einen gefalteten Bogen aus der Brusttasche. Dann ließ er den Bogen in der Dose verschwinden und legte sie zurück ins Farnkraut.

Sowas wie ein Lächeln huschte über das finstere Gesicht. Dann wandte er sich um und ging zurück. In der Stille waren seine Schritte zu hören, aber nicht lange.

„Verstehst du das?" Karl richtete sich auf.

„Und ob! Ich ahne, was das hier ist: ein sogenannter toter Briefkasten. Ein geheimes Versteck, wie es von Agenten und Spionen benutzt wird, wenn einer dem andern eine Nachricht zukommen läßt."

„Ein toter Briefkasten?" meinte Karl nachdenklich. „Hier trifft das ja buchstäblich zu. Ich habe gelesen, weshalb Spione tote Briefkästen einrichten: weil nämlich nicht bekannt werden soll, daß zwischen Absender und Empfänger eine Verbindung besteht. Deshalb umgehen sie die postalische Briefzustellung, und beim Telefonieren könnte ja wer mithören."

Tarzan trat zu dem Grab.

Die rostige Büchse war so geschickt versteckt, daß er nach ihr suchen mußte. Ehemals hatte sie Tee enthalten. Er nahm den Deckel ab und zog den Bogen heraus.

Als er ihn entfaltete, blickte ihm Karl über die Schulter.

„Was ist denn das?"

„Eine Fotokopie, offensichtlich, und zwar von . . . Karl! Mich haut's um. Sieh mal den Briefkopf. Nato-Hauptquartier! Herrjeh! Auch noch Englisch!"

Die Seite trug die Zahl 41 und war dicht mit Maschine beschrieben. Es wimmelte von Fachausdrücken, englischen, die den Jungs nicht geläufig waren. Doch soviel verstanden sie: Der mit Zahlen gespickte Text enthielt ausschließlich militärische Angaben.

„Der Fall bekommt Umrisse", sagte Tarzan – heiser vor Aufregung. „Hildegard Putz, die Spionin, hat die Nato-Papiere gestohlen. Die beiden Autoknacker wollten ihr die Tasche abjagen, was aber nicht gelungen ist. Hier soll offensichtlich eine Seite aus umfangreichen Unterlagen – von mindestens 42 Seiten – jemandem zugespielt werden. Das bedeutet, Karl: Auch die beiden Autoknacker sind im Spionagegeschäft. Vielleicht brauchen sie das von der Putz gestohlene Material zur Ergänzung von dem hier. Oder . . .

Ich weiß noch nicht, was da läuft. Aber ich sehe eine menschliche Tragödie auf uns zukommen."

„Du meinst Grünke?"

Tarzan nickte. „Ist doch offensichtlich, daß er irgendwie drin hängt. Andererseits traue ich ihm nichts Schlechtes zu, und er sah auch nicht aus, als wäre er mit Freude dabei. Ob der Finsterling dieses Blatt von ihm hat?"

Karl hob die Achseln.

„Ich meine", sagte Tarzan, „wir sollten erst mit Grünke reden, bevor wir Gabys Vater Bescheid sagen. Das ist fair, und das sind wir ihm schuldig."

„Unbedingt. Und nun? Wir wissen noch immer nicht, wer die Autoknacker sind."

„Verfolgen können wir den mit der Nase nicht mehr. Aber da wird Grünke uns weiterhelfen. Wir bleiben hier und stellen fest, für wen diese Fotokopie bestimmt ist."

Karl tat, als schaudere es ihn. „Hoffentlich läßt der Betreffende nicht auf sich warten. Jedenfalls möchte ich um Mitternacht zu Hause sein. Die Geisterstunde erlebe ich am liebsten schlafend im eigenen Bett, nicht neben dem Grab . . ."

Er beugte sich zu dem hölzernen Kreuz und rückte an seiner Nickelbrille.

„. . . Elfriede Händel, ja, so hieß sie. Ist schon 18 Jahre tot. Die hat sich auch nicht träumen lassen, daß auf ihrem Grab mal ein toter Briefkasten entsteht."

„Das Grab wird nicht mehr gepflegt. Irgendwie traurig. Wahrscheinlich hat sie keine Verwandten, jedenfalls niemanden, der hier lebt. Oder man hat sie einfach vergessen."

Karl deutete auf das Grab nebenan. „Hast du das Schild gelesen. Ruhezeit abgelaufen – steht drauf. Ist von der Friedhofsverwaltung. Soviel ich weiß, beträgt die normale Ruhezeit 20 Jahre. Danach muß das Grab neu gemietet werden. Wenn keine Angehörigen mehr da sind, die das machen, ist es aus mit der Ruhe. Die Gebeine werden dann woanders untergebuddelt, wo es beengter zugeht, und hier kann ein neuer toter Mieter rein. Unerhört – wenn man sich's genau überlegt."

Tarzan nickte. „Für Gräber gilt wohl, was auch für Bauplätze gilt: Alles wird teurer und knapper. Weil der Grund und Boden der Welt sich nicht vermehren läßt. Jedenfalls nehmen das die Geschäftemacher dieser Branchen als Argument. Komm, wir gehen etwas abseits, damit wir das Wild nicht verscheuchen."

# 7. Ein wunderlicher Maulwurf

Sie saßen auf einer Bank und warteten. In den Bäumen sangen Vögel. Hoch am Himmel setzte ein Jumbo-Jet zum Landeflug an. Ein altes Mütterchen, gebeugt und mit einem Fuß selbst schon im Grab, kam vorbei. Sie trug Unkraut zu einem Abfallkorb und war sehr geschäftig.

Die Jungs unterhielten sich leise und lösten knifflige Denksportaufgaben, um sich die Zeit zu vertreiben. Tarzan kannte einige, Karl noch mehr. Als Tarzan auf die Uhr sah, war erst eine halbe Stunde vergangen. Und er hatte jetzt schon Ameisen im Blut. Geduld war nun mal nicht seine Stärke.

„Die Mädchen werden sich wundern", sagte Karl, „wo wir bleiben. Und Willi ist bestimmt schon verzweifelt. Hättet ihr nicht zur Arbeitsstunde zurück gemußt?"

„Haben uns abgemeldet."

Tarzan blickte den Weg hinunter. Ein stämmiger Friedhofsarbeiter näherte sich. Er war im Overall und trug Hacke und Schaufel. Hinter ihm tuckerte ein kleiner Bagger, den ein zweiter Friedhofsarbeiter lenkte.

Sie bogen ein in Q 23 und hielten vor Elfriede Händels Grab.

„Was machen die denn?"

Die Jungs gingen näher.

Der Stämmige hatte die Taxushecke aus dem Boden gezogen und beiseite gelegt. Mit der Schaufel stach er rechts und links die Fluchtlinie ab. Der Bagger war in Position gerollt.

Verblüfft sahen die Jungs, wie der Ausleger sich streckte, den Baggerlöffel auf Elfriedes Grab senkte und die Reißzähne in Farne und Erde grub.

„Um Himmels willen!" entsetzte sich Tarzan. „Die zerstören das Grab und damit den toten Briefkasten."

„Aber nach 18 Jahren ist doch die Ruhezeit noch nicht abgelaufen!"

„Mal hören."

Tarzan lief zu dem Stämmigen. „Entschuldigung!“ rief er gegen den Motorlärm an. „Warum machen Sie das?“

Der Mann lächelte gutmütig. „Frau Händel wird umgebettet. Das heißt, sie zieht nach Tirol, wo ihre Tochter wohnt. Kriegt dort ein neues Grab. Das wird dann gepflegt. Ist besser so.“

Der Bagger besorgte das Ausheben. Ein Erdhaufen türmte sich. Irgendwo unter ihm lag die Blechdose zwischen abgerissenen Farnen.

Tarzan und Karl tauschten einen Blick. Scheibenkleister! Manchmal geht eben alles daneben.

„Es reicht, Erwin!“ rief der Stämmige. „Das sind einsvierzig.“

Er stieg in die Grube und stocherte mit der Schaufel in dunkler Erde.

„Nichts! Mann, die liegt aber tief.“

Der Bagger arbeitete weiter. Die Jungs sahen zu. Es war kein fröhlicher Vorgang, aber es fesselte.

Bei 1,70 Meter Tiefe kratzte der Stämmige abermals mit seiner Schaufel. Es dröhnte dumpf, als er auf Holz stieß. Aber statt daß er grub, wurde abermals der Bagger eingesetzt. Vorsichtig griff der jetzt zu, ganz flach. Verrottetes Holz kam ans Tageslicht, dann ein verkrusteter Henkel, wohl einer der Sarggriffe.

Ganz behutsam wurde der Bagger eingesetzt. Er nahm auf, was einst Elfriede Händel gewesen war. Langsam öffnete der Baggerführer die Greifer über dem Erdhaufen. Der Inhalt rieselte heraus: Knochen.

Sorgfältig sammelte der Stämmige alles in einen festen Karton.

„Die sterblichen Reste“, erklärte er den Jungs, „kommen in ein würdiges Gefäß und werden dann abgeholt oder verschickt.“

„Machen Sie sowas oft?“ fragte Karl.

„Es kommt häufig vor, daß wir alte Gräber ausheben.“

„Berührt Sie das – der Umgang mit den Gebeinen?"

„Natürlich? Ich vergesse nie, daß das mal ein Mensch war."

Tarzan hatte es plötzlich sehr eilig und zog Karl auf den Hauptweg.

„Dreh dich nicht um! Der Mann hinter uns kommt mir verdächtig vor."

Sie trollten sich einige Schritte, traten dann hinter eine Hecke und spähten durch die Zweige. Die Entfernung war gering. Was zwischen den Friedhofsarbeitern geredet wurde, konnten sie verstehen. Dem Verdächtigen hatte es zunächst die Sprache verschlagen.

Er stand neben dem Bagger, ließ den Mund offen und glotzte auf den Erdhaufen. Seine Zungenspitze lag zwischen den Zähnen. Er mußte an sich halten, um nicht mit beiden Händen in der Erde zu wühlen.

„Das ist unser Mann", flüsterte Tarzan. „Gut, daß wir gewartet haben."

„Der würde jetzt viel bieten für eine rostige Teebüchse." Karl lachte leise.

„Kannten Sie Frau Händel?" fragte in diesem Moment der Stämmige den verdächtigen Unbekannten.

„Wie? Ja. Das heißt, nicht direkt. Meine . . . äh . . . Mutter hat sie gekannt. Was geschieht denn mit Frau Händel?"

Der Stämmige erklärte es. Der Mann nickte. Ist mir doch wurscht! drückte seine Miene aus. Aber wie, zum Henker, kriege ich die Dose?

Er war knapp mittelgroß und feist. Er trug einen karierten Anzug, was für ihn sehr unkleidsam war. Er hatte ein rundes, rosiges Gesicht mit blassen Augen. Die Brauen fehlten. Blondes Haar hing nach allen Seiten in dünnen Strähnen über die Schädelwölbung. Er sah aus wie ein schlachtreifes Ferkel.

Die Arbeiter waren fertig. Der Stämmige verlud den Karton auf den Bagger, schulterte Schaufel und Hacke, nickte dem Ferkeltyp zu und folgte dem Bagger, der schon voranrollte.

Die Jungs drückten sich in die Hecke und blieben unbemerkt, als die Arbeiter an ihnen vorbei kamen.

Zufrieden beobachteten sie, wie der Rosige sich als Maulwurf betätigte. Er hatte die Jacke abgelegt und die Hemdsärmel hochgestreift. Keuchend begann er, den Erdhaufen umzupflügen. Mit bloßen Händen, versteht sich.

„Die Fingernägel möchte ich sehen", zischte Karl.

Der Rosige arbeitete gebückt. Nur dann und wann richtete er sich auf, um keuchend nach Luft zu schnappen, woran ihn – in gebückter Haltung – sein Schmerbauch hinderte. Er schwitzte. Aber er hatte Erfolg.

Als er die Fotokopie aus der Blechdose zog, wurde sein Gesicht noch rosiger. Er las, bewegte dabei die Lippen, schob schließlich den Bogen in die Tasche und säuberte Hände und Unterarme. Erst an Blättern, dann an seinem Taschentuch.

Als er zum Ausgang absockte, rückten die Jungs ihm nach.

„Jetzt sind wir wieder gelackmeiert", unkte Tarzan. „Kein Drahtesel, kein Taxi – wenn er in seinen Wagen steigt. Daß das Nummernschild echt ist, bezweifle ich – nach der Erfahrung mit dem schwarzen Mercedes."

„Hm."

Aber diesmal hatten sie Glück, zunächst jedenfalls.

Der Rosige war zu Fuß gekommen und folgte der Straße, die stadtauswärts führte.

Sie war breit und übersichtlich. Es gab keine Verstecke. Um den Mann nicht aus den Augen zu verlieren, durften die Jungs nicht zu weit zurückhängen.

Er drehte sich nicht um. Aber er blieb mehrfach vor Schaufenstern stehen. Auch vor dem eines Damenfrisörs.

„Ich glaube, er hat uns bemerkt", sagte Tarzan. „Der ist nicht so blöd wie er aussieht, sondern sicherlich ein geschulter Agent. Er ist gewöhnt, auf Verfolger zu achten. Er benutzt die Schaufenster als Spiegel, um zu sehen, was sich hinter ihm tut."

„Dann weiß er, daß wir seinen toten Briefkasten kennen. Er hat uns beim Grab gesehen."

„Egal! Ich will wissen, wie er heißt und wo man ihn suchen muß."

Der Rosige ging bis zu einer Pension. Sie hieß „Schöne Aussicht", hatte drei Etagen und Spitzengardinen hinter den Fenstern. Zum Eingang führten acht Stufen hinauf.

Er verschwand durch die Tür. Aber sie wurde gleich wieder geöffnet, und eine beleibte Dame kam die Stufen herunter. An der Leine führte sie einen unglaublich fetten Mops. Dem arme Tier schleifte fast der Bauch auf dem Boden.

„Sieh mal, Karl!" rief Tarzan. „Genau wie der Efendi (*türkischer Anredetitel*)! Genau so entzückend."

Karl kannte keinen Mops namens Efendi und begriff nicht sofort.

„Unserer", sagte Tarzan zu der Frau, „heißt Efendi von Schloß Hohenstein. Edelstes Blut! Ihr Hund sicherlich auch, meine Dame! Das sehe ich sofort. Wie ist denn der Name?"

Die Frau lächelte. Er hatte ihr Herz gewonnen.

„Prinz heißt er. Prinz vom Silberwald. Aber ich rufe ihn Möpi. Möpi, komm her! Ach, jetzt macht er wieder sein Bächlein an der Treppe."

Tarzan streichelte Möpis fettwülstigen Nacken. Sicherlich bekommt er Schokolade und Kekse, dachte er. Und frißt jedes Mal, wenn auch Frauchen eine ihrer täglichen zehn Mahlzeiten einnimmt.

„Was ich fragen wollte, meine Dame: Eben ging hier ein Herr rein. Blond, korpulent – wir glaubten, es sei ein Bekannter unserer Eltern. Kennen Sie ihn zufällig?"

„Du meinst Herrn Wunderlich? Max Wunderlich." Sie senkte die Stimme. „Er wohnt hier, ist Spirituosenvertreter."

„Dann haben wir uns geirrt." Tarzan schüttelte den Kopf. „Ist das eine Pension für Dauergäste?"

„O ja! Viele wohnen hier schon seit Jahren. Komm, Möpi!"

Er wollte nicht. Aber sie zerrte ihn hinter sich her, nachdem sie den Jungs freundlich zugenickt hatte.

Auf der gegenüberliegenden Straßenseite hielt ein Stadtbus.

„Das ist der Achter, Karl. Schnell! Der fährt zur Stadtmitte."

Sie spurteten über die Straße. Der Fahrer wollte bereits abfahren, bemerkte sie aber und wartete. Kaum daß sie drin waren, schlossen sich die Drucklufttüren mit vernehmlichem Fauchen.

★

Er hatte hinter der Tür gestanden und gehört, wie die Jungs sich nach ihm erkundigten. Ein bösartiger Ausdruck trat in Wunderlichs rosiges Gesicht. Sein Zimmer lag straßenseitig. Durch die Spitzengardine beobachtete er, wie die beiden in den Bus sprangen, in den Achter.

Wunderlich sah träge aus. Doch das täuschte. Sein Gehirn funktionierte, und er war ein Mann schneller Entschlüsse.

Beim Grab, beim toten Briefkasten also, hatte er die beiden erstmals bemerkt, dann, als sie ihm folgten. Jetzt hatten sie nach ihm gefragt. Weiterer Tatsachen bedurfte es bestimmt nicht mehr.

Wer auch immer die beiden waren – sie hatten ihn ertappt. Wahrscheinlich war Karsoff schuld. Der benahm sich oft unbekümmert, als wäre Spionage die einfachste Sache der Welt. Jedenfalls bedeuteten die beiden Jungs Gefahr. Keine große zwar – dafür waren diese Lauselümmel zu jung –, aber vorbeugen war besser als hinterher dumm dastehen.

Er griff zum Telefon und wählte.

„Kroll", meldete sich der Schläger.

„Hier Wunderlich. Hallo, Fredy! Ich habe was für dich und Prassel. Aber es ist eilig. Ihr müßt sofort starten. Geht das?"

„Klar, Max. Haben wir dich schon mal im Stich gelassen?"

# 8. Auch Spatzen mögen Schnaps

Nach seinem Besuch auf dem West-Friedhof war Karsoff eine Weile kreuz und quer durch die Stadt gefahren. In einem vietnamesischen Restaurant aß er eine Mi-Vit-Suppe – mit Entenfleisch und Nudeln – und anschließend eine Frühlingsrolle, über die er reichlich von der Nuoc-Mam-Soße goß. Derart gestärkt, setzte er seinen Weg fort.

Der Agent Stanislaus Cojarczik war noch nicht lange in der Stadt. Aber Karsoff hatte bereits Kontakt aufgenommen. Als toten Briefkasten benutzten sie ein Vogelhäuschen im Walther-Park. Das Häuschen diente zwar der Fütterung, war aber nicht nur im Winter dort aufgestellt, sondern das ganze Jahr.

Sein Boden bestand aus einer doppelten Bretterschicht, zwischen die sich leicht eine Mitteilung schieben ließ – von der Rückseite.

Als Karsoff sich dem Häuschen näherte, war weit und breit niemand zu sehen. Aber auf dem Platz wimmelte es von Vögeln. Dutzende von Spatzen saßen überall. Einige hatten die Flügel ausgebreitet und schwankten. Andere verdrehten recht komisch die Köpfe.

Brotstücke lagen auf dem Boden. Sie sahen feucht aus. Ein Brotstück war auf dem Dach des Vogelhauses gelandet.

Als Karsoff näher trat, roch er den Schnaps. Verblüfft schnupperte er. Der vertraute Geruch kam von dem Brot her. Und tatsächlich – es war in Alkohol getränkt.

Nicht zu glauben! dachte er. Manche Lausbuben schrekken vor nichts zurück! Machen sogar die Vögel betrunken.

Er zog eine zweite Fotokopie aus der Tasche. Zwischen die Bodenbretter des Vogelhäuschens wollte er sie schieben. Aber die Gefiederten verstanden das offenbar falsch.

Wie auf Kommando erhob sich ein Schwarm mehr oder minder angetrunkener Spatzen. Wütend griffen sie den Eindringling an. Plötzlich verfügte jeder Spatz über Kraft und

Mut eines Königsadlers, zumindest glaubte er das, denn Alkoholgenuß trübt nicht nur bei Menschen den Blick für die Wirklichkeit.

Sie flogen Karsoff ins Gesicht, krallten sich in sein Jackett, tschilpten und schimpften und pickten mit winzigen Schnäbeln auf ihn los.

Um sich schlagend, sprang er zurück. Er stolperte über einen Balken und wäre beinahe gestürzt. Die Fotokopie fiel ihm aus der Hand. Er merkte es erst, als eine – ebenfalls betrunkene – Amsel mit dem Blatt im Schnabel davonstrich. Sie verschwand hinter den Bäumen.

„Blöde Viecher!" schimpfte Karsoff. „Hat's denn sowas schon gegeben."

Jetzt, abgedrängt von ihrem Futterhäuschen, ließen ihn die Spatzen in Ruhe. Eine Taube zeigte noch rasch, was sie von ihm hielt. Aus fünf Meter Höhe ließ sie fallen, was man im allgemeinen als Taubendreck bezeichnet. Klatsch! – landete es auf Karsoffs Schulter.

Sein Anzug – daran war nichts zu ändern – mußte in die Reinigung.

Erbost floh er aus dem Park.

Dem diebischen Vogel die Fotokopie abzujagen, war leider unmöglich. Nun, selbst wenn die in falsche Hände geriet und nicht als Papierfetzen im Karren eines Straßenreinigers landete – mit dieser fotokopierten Seite 41 konnten nur Eingeweihte was anfangen.

Dummerweise hatte er nur noch eine Fotokopie bei sich. Die sollte die Hensch kriegen.

Er fuhr bis zur sogenannten Stadtmauer. Sie stammte aus dem Mittelalter und bestand nur noch aus Resten. Die hatte man eingebettet in Grünanlagen mit Wegen und Bänken. Sie, die Mauerreste, standen unter Denkmalschutz, was aber geschichtsbewußte Andenkenjäger nicht daran hinderte, Steine aller Größen zu klauen.

Der tote Briefkasten Nr. 3, der für Franziska Hensch, befand sich in der Stadtmauer hinter einem lockeren Ziegelstein, der freilich aussah, als säße er bombenfest.

Karsoff schlenderte näher. Büsche schirmten die Stelle ab. Aber nicht von allen Seiten. Das alte Mütterchen, das auf einer der Bänke saß, hätte ihn beobachten können – wäre es noch im Besitz seiner Sehkraft gewesen. Doch die Oma war blind. Am Ärmel trug sie die gelbe Blindenbinde. Auf den Knien hielt sie den weißen Blindenstock.

Karsoff huschte zur Mauer. Noch rasch einen Blick in die Runde – dann zog er den flachen Stein aus dem verwitterten Schutzwall und schob die gefaltete Fotokopie in den Spalt. Er brachte den Stein wieder an. Niemand hätte hier einen toten Briefkasten vermutet.

Er ging zum Weg zurück, pfiff zufrieden und zündete sich eine Zigarette an. Er wollte sich nach links wenden, wo er seinen Wagen geparkt hatte, stutzte aber.

Eine Frau kam aus der Richtung, bemerkte ihn und zögerte ebenfalls.

Es war Franziska Hensch.

Die hat's aber eilig! dachte er. Will die Materialprobe wohl möglichst rasch prüfen. Um so besser, Mädchen! Dann kommen wir hoffentlich ins Geschäft miteinander.

Ohne ein Zeichen des Erkennens wandte er sich nach rechts, schlug einen Bogen, überquerte die Straße und ging zu seinem Wagen zurück. Niemand beachtete ihn, als er abfuhr.

Inzwischen hatte Franziska sich dem Versteck genähert.

Sie war Ende Dreißig, eine aparte Erscheinung. Braunes Haar lockte sich. Ihre Augen waren wie dunkle Seen. Die kecke Stupsnase ließ ihr Gesicht jünger erscheinen. Sie kleidete sich sportlich-elegant und trug jetzt einen modischen Hosenanzug in zartem Grün.

Sie ging an der Blinden vorbei. Die Oma verbarg die Augen hinter einer Sonnenbrille. Ein abgeklärtes Lächeln schwebte auf dem runzligen Gesicht.

Franziska machte kehrt, blickte noch rasch die Wege entlang und trat dann zu der Mauer. Sie nahm die Fotokopie aus dem toten Briefkasten und steckte sie in ihre Handtasche.

Zufrieden stöckelte sie auf hohen Absätzen zum Weg zurück.

„Also nein, also nein", hörte sie die zittrige Altfrauenstimme der Blinden. „Zu meiner Zeit, Fräulein, haben wir Liebesbriefe nicht so umständlich übermittelt."

„Wie bitte?" fragte Franziska verwirrt. Vor der Alten blieb sie stehen. „Was meinen Sie?"

„Nun, erst habe ich den Herrn beobachtet, jetzt Sie." Das Runzelgesicht lächelte verschmitzt.

„Sie . . . Sie können sehen?"

„Freilich! Ich habe Augen wie ein Adler. Nur die Beine wollen nicht mehr so. Um in meinem Alter heil über die Straße zu kommen, muß man sich was einfallen lassen, Fräulein. Wenn ich langsam gehe, weil ich nicht schneller kann, hupen die Autofahrer – und sind böse. Aber auf eine Blinde nimmt jeder Rücksicht. Komisch ist das. Kinder und Jugendliche führen mich über die Kreuzung. Manchmal muß ich aufpassen, daß ihnen nichts geschieht."

Franziska schüttelte lachend den Kopf. „Raffiniert! Den Trick werde ich mir merken. Wenn ich erstmal so alt bin wie Sie, nützt er mir sicherlich auch."

Die Oma nickte. „Bestimmt ist einer von Ihnen verheiratet, nicht wahr?"

„Wie? Was meinen Sie?"

„Der Herr oder Sie?"

„Ach so, ja. Hm! Mein Mann, wissen Sie, würde es merken, wenn mein Freund mir die Briefe mit der Post schickt."

„Jaja, die Liebe!" sagte die Oma. „Aber tun Sie auch recht mit dem, was Sie tun? Der Mann eben – also, für den sind Sie doch viel zu hüsch."

„Da können Sie recht haben", lachte Franziska, wünschte der Oma einen schönen Tag und ging.

Der Bus, in dem Tarzan und Karl zur selben Zeit in die Innenstadt fuhren, war überfüllt. Sie hatten Sitzplätze gehabt, waren aber selbstverständlich aufgestanden, als ältere Leute hereinkamen. Trotzdem reichte das Angebot nicht. Ein alter Mann mit weißem Haar mußte stehen.

Er war schon zitterig, stützte sich auf seinen Stock und hielt sich mit der freien Hand an einem Metallpfosten fest. Er schwankte bei jeder Bewegung, die der Bus machte. Seine schwächlichen Beine fingen das nicht ab.

Tarzan behielt ihn im Auge, um notfalls helfen zu können.

Der Opa muß stehen, dachte er erbittert, und die beiden kräftigen Typen dort fläzen auf ihren Sitzen. Wohl noch nichts davon gehört, daß man auf Behinderte und Alte Rücksicht nehmen darf, heh? Diese Flegel!

Die beiden, die er meinte, waren am Geyermanns-Weg zugestiegen: ein stämmiger Typ mit Bürstenschnitt, Boxergesicht und einer roten Narbe zwischen Auge und Ohr. Der andere war schlank und hatte farblose, eisige Augen.

Es passierte vor der Kreuzung Schloßberger- und Professor-Pauling-Straße. Der Bus hatte Vorfahrt. Aber einen Verkehrsrowdy kümmert das nicht. Er verhielt sich, als gehöre ihm die Straße und der Busfahrer mußte scharf bremsen, sonst hätte es gekracht.

Alle Sitzenden machten unfreiwillig eine mehr oder minder tiefe Verbeugung. Den Stehenden fuhr der Ruck in die Knochen. Wer stabil auf seinen Beinen stand, den warf es freilich nicht um. Aber für den weißhaarigen Opa war die Belastung zu groß.

Er verlor den Halt, taumelte und stürzte, ehe Tarzan zugreifen konnte, hatte aber Glück noch im Unglück – wie man's nimmt. Jedenfalls landete er auf dem Kerl mit dem Boxergesicht, fiel ihm regelrecht auf den Schoß.

Der Bus stand. Der Opa zappelte, um sich aufzurichten, und setzte gerade zu einer Entschuldigung an.

Da zeigte Boxergesicht, was für ein Prachtkerl er war.

Statt dem Alten zu helfen, packte er ihn am Mantelkragen, riß ihn hoch und stieß ihn von sich wie ein ekliges Insekt.

Der alte Mann flog der Länge nach in den Mittelgang. Er schrie auf, als sein rechter Ellbogen auf den Boden stieß.

„Oh, mein Arm!"

Sofort war Tarzan bei ihm. Vorsichtig half er dem Alten.

„Mein Arm!" wimmerte er. „Ich habe mich verletzt. Der Ellbogen schmerzt. Ich kann ihn ja gar nicht bewegen."

„Gehen Sie gleich zum Arzt!" riet Tarzan. „Aber lassen Sie sich vorher von diesem Herrn dort die Adresse geben. Er wird aufkommen müssen für die Arztkosten. Denn es war seine Schuld."

Fahrgäste, die in der Nähe saßen, nickten.

Boxergesicht schob die Kinnlade vor. Sein Blick wurde tückisch. „Was spinnst du da, Bengel?"

„Ich spinne nicht, sondern ich habe beobachtet, wie Sie diesen Herrn grundlos zu Boden stießen. Dabei hat er sich verletzt, wie Sie sehen."

„Ich sehe nur, daß der alte Knacker nicht alle Tassen im Schrank hat. Und du brauchst wohl eine Brille, Rotzlöffel!"

Tarzan blieb ruhig. „Sagen Sie Ihren Namen und Ihre Adresse, damit alles seinen geordneten Gang geht. Und seien Sie froh, wenn es nicht noch zu einer Anzeige kommt wegen Körperverletzung."

Rundum erhob sich beifälliges Gemurmel. Der Teenager mit seiner Gitarre machte große Augen. Die junge Mutter hörte für einen Moment auf, ihren Kinderwagen zu schaukeln. Nur der Busfahrer schien von allem nichts zu bemerken. Er fuhr an, als die Ampel auf grün sprang.

Boxergesicht stand auf. In seinen Augen sah Tarzan, was kommen würde: ein tätlicher Angriff. Er hatte schon zuviele Judo-, Zwei- und Straßenkämpfe erfolgreich durchgestanden, um nicht die untrüglichen Merkmale zu kennen: die Entschlossenheit im Gesicht des Gegners, das Flackern in den Augen, die Veränderung der Hautfarbe.

Tarzan wich bis zur Busmitte zurück, wo auf der Plattform mehr Platz war als im Gang.

Boxergesicht kam ihm nach, stieß was Unverständliches durch die Zähne. In der roten Narbe schien das Blut zu pochen. Blitzschnell holte er aus. Einem dünnhalsigen Gegner hätte die Ohrfeige vielleicht den Kopf abgerissen.

Was geschah, sahen alle. Wie es geschah, erfaßte niemand. Dafür ging es zu schnell. Selbst Boxergesicht spürte nur, daß sein Hieb täppisch ins Leere ging, daß er hart gepackt und geruckt wurde. Der Boden dröhnte, als er mit dem Hintern darauf landete und sein Steißbein sandte eine Schmerzwoge bis hinauf in die Haarspitzen. Um nicht zu schreien, biß er die Zähne zusammen. Daß ihm die Zunge zwischen die Eckzähne geriet, erhöhte den allgemeinen Schmerzpegel erheblich.

Fahrgäste lachten. Boxergesichts Begleiter wandte den Kopf ab und starrte hinaus, als ginge ihn alles nichts an.

„Mit einem Judo-As", rief Karl aus dem Hintergrund, „sollte man eben höflich umgehen, Wertester! Aber beklagen Sie sich nicht! Sie sind glimpflich davongekommen. Da ist es anderen schon schlimmer ergangen."

Tarzan beugte sich vor. „Ihren Namen! Ihre Adresse! Aber schnell! Warten Sie nicht, bis ich in Ihrer Brieftasche nachsehe. Dabei kann leicht eine Schulter auskugeln."

Boxergesicht zog sich an einer Metallstange hoch. Tomatenröte übergoß sein Gesicht. Er fühlte sich blamiert bis auf die Knochen. Am liebsten wäre er kopfüber aus dem Bus gesprungen.

„Kroll", murmelte er leise. „Ferdinand Kroll. Agnes-Straße 11."

„Sowas merkt man sich besser, wenn man es geschrieben sieht", sagte Tarzan. „Bitte, Ihren Ausweis."

Kroll zückte die Brieftasche, zeigte seine Papiere und hielt den Blick gesenkt. Tarzan notierte Namen und Adresse auf einen Zettel, den er dem Alten gab. Der bedankte sich mit

Tränen in den Augen und indem er Tarzans Hand wohl eine Minute schüttelte. Sehr vorsichtig allerdings, denn der rechte Ellbogen vertrug keine heftige Bewegung.

Kroll hatte wieder seinen Platz eingenommen, obwohl er kaum sitzen konnte. Tarzan stellte sich zu Karl und grinste verhalten.

Prassel, der neben Kroll saß, ohne ihn eines Blickes zu würdigen, dachte: Wir sollen die beiden zusammenhauen, und was ist? Kroll kriegt die Kloppe. Wir sollen feststellen, wer die beiden sind. Und wer muß Namen und Adresse angeben? Mein Kumpel. Ich glaube, mich knutscht ein Elch. Wenn Fredys Blamage sich rumspricht, können wir ab morgen bei der Heilsarmee Frühstück fechten (*betteln*). Und das uns, den gefürchtetsten Schlagetots in der Stadt.

Inzwischen hatte der Bus die Haltestelle Geranienallee erreicht. Von dort konnte man hinspucken zum Café Brand.

Die Jungs und viele andere Fahrgäste stiegen aus.

„Wahrscheinlich ist Willi inzwischen verhungert", meinte Karl, während sie zu dem Platz trabten, wo sie ihren dicken Freund als Fahrradwache zurückgelassen hatten.

Er war noch da. Er saß auf einem umgestülpten Blecheimer und futterte aus einer riesigen Tüte. Sie zeigte als Aufdruck einen leckeren Baumkuchen, das Wahrzeichen vom Café Brand. Ein Kilo Schokoladenkekse hatte die Tüte enthalten, jetzt waren nur noch Krümel drin. Klößchen maulte.

„Ich dachte, Außerirdische hätten euch entführt, oder ihr wärt in die Kanalisation gefallen. Das heißt also bei euch: Warte einen Moment, wir sind gleich wieder da. Ich mußte mich mehrfach woanders hinstellen, sonst hätten meine Plattfüße Wurzeln geschlagen. Die Tretmühlen sind inzwischen verrostet, der Tag neigt sich. Monika und Gaby haben wahrscheinlich die Polizei alarmiert. Und verhungert wäre ich auch – beinahe jedenfalls. Nur der Straßenverkauf des Cafés hat mich gerettet. Sonst würdet ihr jetzt mein Gerippe vorfinden."

„Aber mit viel Speck dran", lachte Tarzan. „Geier und Schakale würden sich freuen."

„Die gibt's hier nicht", erwiderte Klößchen. „Und was gibt's sonst?" Damit meinte er das Ergebnis ihrer Nachforschungen.

„Wir sind dem Vater einer schönen Blauäugigen mit dem Taxi gefolgt", erklärte Karl, „und wollen ein Gedicht für sie machen."

„Wie bitte?"

„War nur ein Spaß, Willi. Vielmehr ein Trick."

„Uih! Wundert mich sehr! Scheint ja, als machte Herr Grünke mit Spionen Geschäfte. Ob Moni das weiß?"

Tarzan seufzte. „So oder so – wir müssen Grünke zur Rede stellen. In aller Freundschaft, natürlich! Schließlich ist er ja sowas wie unser väterlicher Freund. Ich meine, er haßt diesen Kerl mit der gebrochenen Nase und ist todunglücklich, wenn er dem nur die Hand geben muß."

Als die Jungs sich auf die Drahtesel schwingen wollten, hörte Tarzan Drehorgelmusik. Und da war er tatsächlich – der Leierkastenmann mit seinem Äffchen. Beim Café Brand an der Ecke hatte er sich mit seiner Drehorgel aufgestellt. Im Nu umringten ihn Kinder, denen es mehr um das Äffchen als um den musikalischen Kunstgenuß zu tun war.

Ihr Weg führte die drei Freunde dort vorbei.

Jetzt will ich aber wissen, dachte Tarzan, ob er mich wieder so anglotzt. Vorhin – das war ja, als würde er mich am liebsten mit dem Hackebeil zerlegen.

„Kleinen Moment!" rief er seinen Freunden zu und schwenkte in das Drehorgel-Publikum.

Beim Begleichen der Taxi-Rechnung hatte er sich zwar völlig verausgabt, aber ein 50-Pfennigstück fand sich noch in der Hosentasche.

Er legte es auf den Teller.

Der Leierkastenmann hatte auch jetzt seine Sonnenbrille auf. Aber Tarzan sah die Augen. Ein gleichgültiger Blick wischte über ihn. Na also! Vielleicht hatte der Mann vorhin nur Bauchschmerzen gehabt oder an unbezahlte Rechnungen gedacht!

In diesem Moment fletschte das Äffchen die Zähne. Es fauchte Tarzan an, hüpfte hin und her und tippte sich mit einem seiner Affenfinger vielsagend an den grünen Hut. Du hast einen Vogel, hieß das. Eindeutig war Tarzan gemeint.

Die Umstehenden lachten.

Tarzan war verblüfft, ließ das aber nicht auf sich sitzen.

„War wohl zu wenig, du Zwerg-Gorilla?" fragte er. „Tut mir leid. Aber wenn du so pleite wärst wie ich, hättest du gar nichts gegeben. Das nächste Mal bringe ich dir eine Banane mit. Dann werden wir Freunde, was?"

Das Gelächter des Publikums klang beifällig. Eine Frau, die einen Gemüsekorb trug, suchte nach einer halbwegs reifen Banane, hatte aber nur grasgrüne holzharte Krummfrüchte, die sich nicht zur Fütterung eigneten.

Tarzan grinste dem Leierkastenmann zu und radelte weiter.

Beinahe hätte er einen Fußgänger gerammt. Der und sein Begleiter wollten die Straße an der Stelle überqueren, wo das nun wirklich nicht ging. Mit einem akrobatischen Schlenker verhinderte Tarzan den Zusammenprall.

Dann sah er es – und beinahe hätte es wieder einen Zusammenstoß gegeben.

Der Fußgänger war Ferdinand Kroll.

Tarzan schüttelte den Kopf und sauste seinen Freunden hinterher, die schon am Ende der Straße waren.

Kroll und Prassel, die Schläger, glotzten ihm nach. Jetzt hatten sie endgültig den Anschluß verloren.

# 9. Die Schatten der Vergangenheit

Die Mädchen waren im Bad und probierten neue Frisuren aus, nachdem Monika ihre Sommersprossen-Vernichtungs-Creme vorgeführt hatte. Daß sie nicht half, sah man. Außerdem hatte Gaby in der Hinsicht keine Probleme. Mit Schmuckkämmchen steckten sie sich die Haare mal so und mal so. Dann kürzte Moni ihrer Freundin den goldblonden Pony um etwa einen halben Millimeter.

„So sieht es noch besser aus, Gaby. Jetzt bist du ein lichter Typ."

„Was war ich denn vorher?" lachte Gaby. „Ein finsterer Typ?"

„Na, und wie! Zum Fürchten!"

Sie alberten. Viel Zeit verging. Dann hörten sie, wie Grünke zurück kam. Er war lange weg gewesen, hatte offenbar Besorgungen gemacht.

„Ich will mal fragen, ob er Tee möchte." Monika lief in die Diele. Aber ihr Vater war schon die Treppe hinauf und in sein Arbeitszimmer gegangen.

Sie folgte ihm. Als sie die Tür öffnete, erschrak sie.

Ihr Vater saß am Schreibtisch, vorgebeugt, das Gesicht in den Händen versteckt. Er zitterte am ganzen Körper. Was sie von seinem Gesicht sah, war kreideweiß.

„Papi!" Sie trat zu ihm. Die Tür hinter ihr blieb halb geöffnet.

„Moni", sagte er, ohne die Hände vom Gesicht zu nehmen, „bitte, laß mich allein." Seine Stimme klang erstickt.

„Nein! Du hast doch Kummer. Was ist denn los? Bitte, sag es mir. Ich sage dir doch auch alles, was mich bedrückt. Das haben wir doch vereinbart."

Langsam ließ er die Hände sinken. Seine Augen waren gerötet, das Gesicht hatte sich fahl gefärbt. Er sah aus, als breche er jeden Moment zusammen.

„Ich rufe Dr. Clemens an, ja", sagte Monika rasch. „Du

hast sicher wieder. . . Helfen die Tabletten denn nicht?"

„Laß! Nicht den Arzt! Ich bin nicht krank. Ich. . ." Er schluckte. „Es. . . es ist was anderes, Moni. Mein Gott, was gäbe ich drum, wäre das alles nicht geschehen." Er starrte auf seine Hände. „Ich glaube, ich muß es dir sagen. Ich kann nicht mehr verhindern, daß du es erfährst. Denn ich bin in die Enge getrieben, und es gibt keinen Ausweg."

„Papi, das klingt ja schrecklich."

„Es ist noch viel schrecklicher. Nie hätte ich gedacht, daß mein Tun eines Tages solche Folgen nach sich zieht." Er seufzte zum Steinerweichen und wußte offenbar nicht, wie er beginnen sollte. Dann sagte er: „Wie du weißt, Moni, ich bin Diplom-Chemiker und Leiter der Forschungsabteilung bei einem der bedeutendsten Konzerne für Pharmazie *(Großunternehmen für Arzneimittelherstellung)*."

„Natürlich weiß ich das."

„Es ist eine Lüge."

„Wie bitte?"

„Daß ich die Abteilung leite – das stimmt. Und meine Arbeit ist sehr erfolgreich. Auch das ist wahr. Aber ich bin kein Diplom-Chemiker. Ich habe nur wenige Semester Chemie auf der Universität studiert. Ich habe keinen Abschluß gemacht und kein Diplom. Ich bin ein Schwindler."

Fassungslos sah sie ihn an. „Das. . . aber. . ."

„Die Umstände, Moni, waren damals so, daß ich nicht weiterstudieren konnte. Meine Eltern konnten das Studium nicht mehr bezahlen, und meine Nebenjobs brachten nicht genügend ein. Allein reichte das nicht. Außerdem wurde Mutter schwer krank, und ich mußte mich um sie kümmern. Deshalb habe ich mich selbst weitergebildet. Ich glaube, ich bin ein guter Chemiker, ein besessener Wissenschaftler. Meine Arbeit beweist das. Doch meine Papiere, mein Diplom, alles, was ich vorlegen mußte, worauf man unbedingt Wert legte, als ich mich damals bei dem Konzern bewarb – sind Fälschungen. Ich kann nichts weiter zu meiner Entschuldigung anführen. Ich kann nur versuchen zu erklären. Ich glaubte, die Stellung beim Konzern sei meine Chance. Und sie war es ja auch. Man nahm mich. Ich konnte mich hocharbeiten, und heute bin ich Leiter der Forschungsabteilung."

Monika trat zu ihrem Vater und legte ihm die Arme um den Hals.

„Aber, Papi, das ist doch nicht so schlimm. Du bist ungeheuer befähigt. Was macht es da, ob du das Zeugnis hast! Ein Stück Papier ist das, weiter nichts. Überhaupt, Prüfungen! Da wird doch gemogelt. Manchmal kommen sogar die Nichtskönner durch, und die murksen dann später Arzneimittel zusammen, die mehr schaden als nützen. Von solchen Fällen sind doch die Zeitungen voll. Aber was du in deiner Forschungsabteilung entwickelt hast, gilt als hervorragend."

Er lächelte. „So einfach ist es leider nicht, Moni. Gerade weil soviel Medikamente mit unerwünschten Nebenwirkungen auf den Markt kommen, werden an die Forschung – mit Recht – immer höhere Ansprüche gestellt. Nur hochqualifizierte *(befähigte)* Wissenschaftler dürfen sich damit befassen, und die Auslese kann gar nicht streng genug sein. Aufgrund meiner offiziellen, belegbaren Ausbildung bin ich fast ein Laie. Daran führt nichts vorbei. Sobald bekannt wird, daß meine Befähigungsnachweise gefälscht sind, verliere ich nicht nur meine Stellung – ich muß auch mit einer Verurteilung nach dem Strafgesetz rechnen."

„Aber, Papi, wo es so viele Jahre gutgegangen ist – das kann doch gar nicht rauskommen."

„Doch!" Er ballte die Hände zu Fäusten, zitternd, als zerdrücke er etwas.

Mit klopfendem Herzen wartete Monika ab.

„Ich werde erpreßt", sagte Grünke.

„Erpreßt?"

„Es ist hundsgemein, und ich kann mich nicht dagegen wehren. Der verfluchte Kerl heißt Gregor Karsoff. Wir ken-

Doch!

nen uns von früher. Auch er war an der Uni, an der ich damals studierte. Wegen übler Vorkommnisse wurde er exmatrikuliert *(aus dem Studentenverzeichnis streichen = Rausschmiß)*. Leider weiß er genau, daß auch ich kurz darauf die Uni verließ, also keinen Abschluß habe. Vor kurzem sind wir uns begegnet. Der Kerl hatte sich über mich erkundigt. Er wußte bestens Bescheid. Er wußte, daß ich als Diplom-Chemiker auftrete, die Abteilung leite, wußte sogar, woran ich arbeite."

„Er will Geld, ja?" hauchte Monika.

Grünke schüttelte den Kopf. „Die Forschungsarbeit an dem Projekt V, wie es betriebsintern heißt, konnte ich dieser Tage beenden. Es ist streng geheim. Meine Abteilung hat sozusagen eine neues Verjüngungsmittel entdeckt. Ein hervorragendes Mittel, das vielen Menschen helfen wird, ihre Jugend zu verlängern und das Alter hinauszuschieben. Der Traum aller Menschen! Vor allem in unserer streßreichen Zeit, wo Umweltverschmutzung, Vernichtung der Natur, Überarbeitung und vieles andere die Menschen kaputt macht."

„Karsoff will doch nicht etwa deine Forschungsergebnisse?"

„Doch, Moni. Er weiß genau, was es ihm einbringen würde, wenn er meine Forschungsergebnisse an die Konkurrenz verkauft. Jahrelange Arbeit steckt in diesem Projekt. Ungeheure Gelder waren nötig. Jetzt ist das Mittel perfekt. Die Konkurrenten *(Mitbewerber um den Kunden)* werden bis an die Decke springen, wenn sie meine Unterlagen erhalten."

Moni bracht kein Wort heraus.

„Ich glaube", fuhr ihr Vater fort, „Karsoff ist das, was man einen Industriespion nennt. Es sind schändliche Menschen. Aber sie werden gebraucht und benutzt. Sie tun genau das, was Karsoff jetzt tut. Sie bringen sich in den Besitz von Geheimnissen, die sie dann verhökern. Du wirst nicht für möglich halten, wie häufig das vorkommt."

„Und jetzt?"

„Seine Bedingungen sind unmißverständlich. Wenn ich ihm die Forschungsergebnisse verweigere, vernichtet er mich. Auffliegen läßt er mich dann. Und ich glaube, es würde ihm Spaß machen. Meine Abneigung gegen ihn besteht nicht erst seit jetzt. Das weiß er. Er genießt es, mich in der Hand zu haben. Demütigend ist das, sehr demütigend. Aber mein Stolz ist unwichtig. Es geht um viel mehr."

„Was willst du tun?"

Er zuckte matt mit den Achseln. „Habe ich eine Wahl? Frei entscheiden könnte ich mich nur, wenn es Karsoff nicht gäbe. Dann wüßte ich, was ich täte."

„Ja?"

„Ich würde hingehen, Moni, alles bekennen, mich selbst anzeigen, mein Unrecht aufdecken. Das wäre ein noch halbwegs ehrenwertes Verhalten – und ich könnte mit milden Richtern rechnen, vielleicht sogar – in anderer Stellung – beim Konzern bleiben. Aber diese strafmildernde Selbstanzeige hätte nur dann Sinn und Wert, wenn es freiwillig geschieht. Ich stehe unter Druck. In meiner Situation ist es beinahe egal, ob Karsoff mich ausliefert, oder ob ich das selbst besorge. Hätte ich nur eher den Mut dazu gefunden! Jetzt ist es zu spät."

Monika begann zu weinen. Sie drückte das Gesicht an seine Schulter. Zaghaft, als hätte er kein Recht mehr dazu, strich er ihr über das hennarote Kraushaar.

Ein Geräusch an der Tür ließ beide hochfahren.

Gaby stand auf der Schwelle.

Sie war blaß bis zum Kragen ihres Pullovers, Schreck weitete die kornblumenblauen Augen.

„Ich. . . ich wollte nicht lauschen", sagte sie mit kleiner Stimme. „Ich war in der Diele unten. Ihr habt so laut. . . Es war alles deutlich zu hören."

Was für ein Lump ich bin! dachte Grünke. Mich bringe ich ins Elend. Mein Kind reiße ich mit. Sogar Gaby ziehe ich mit hinein. Ich verbreite nur Unglück, und das Ende mit Schrekken kommt auf mich zu.

„Gaby!" Moni lief zu ihrer Freundin und fiel ihr um den Hals. „Es ist so furchtbar. Mein armer Papi! Er ist zwar juristisch im Unrecht. Aber er hat doch nichts Böses getan."

Gaby nickte. Monis Schluchzen steckte an. Beiden liefen jetzt die Tränen übers Gesicht. Grünke spürte ein Würgen im Hals. Er fühlte sich minderwertig, als hätte er alle Schuld der Welt auf sich geladen.

Es war die traurigste Stimmung, die man sich vorstellen kann, vergessen die Ehrung durch den Oberbürgermeister, die Retter-Medaille und das fröhliche Mittagsmahl. Die Katastrophe schien unabwendbar. Und die Tränen der Mädchen versiegten auch nicht, als es an der Haustür klingelte.

Heulend liefen sie hinunter, während Grünke wie gelähmt an seinem Schreibtisch verharrte.

Gaby öffnete.

„Was ist denn mit dir los?" fragte Tarzan verblüfft.

„Kommt rein!" schluchzte sie.

Monika versuchte, sich die Tränen zu trocknen, und sie schniefte in das vierte Papiertaschentuch. Drei waren schon von Tränen durchweicht.

„Habt ihr Zwiebeln geschnitten?" erkundigte Klößchen sich einfühlend.

„Ach, halt doch die Klappe, du Trottel!" fuhr Gaby ihn an.

Klößchen zog den Kopf ein. Tarzan warnte ihn mit einem Blick. Karl schloß die Tür.

„Ich dachte ja nur", meinte Klößchen. „Weil man dabei so heult. Es sei denn, man trägt eine Zwiebelbrille. . ."

„Noch ein Wort!" sagte Gaby mit stockiger Nase. „Und du kriegst eine. Herrgott! Merkst du denn nicht, daß es nicht um Zwiebeln geht, sondern um ein schreckliches Unglück."

Jetzt merkte er's und wurde noch etwas kürzer.

Was ist passiert? dachte Tarzan. Hoffentlich erklären sie's bald. Ein Unglück? Etwa mit Grünke?

„Mein Papi ist oben", Monika wandte sich zur Treppe. „Es ist besser, wenn er mit euch redet. Gaby weiß es schon."

Wissen? überlegte Tarzan. Was? Daß Grünke mit einem Spion zu tun hat?

Sie stiefelten hinauf.

Auch den Jungen war beklommen zumute.

Grünke saß noch am Schreibtisch, hatte sich nicht gerührt, wandte ihnen aber jetzt das Gesicht zu.

„Setzt euch!" sagte er mit blecherner Stimme.

Platz gab es freilich nur für die Mädchen. Die Jungen hockten sich auf den Boden.

Klößchen versuchte, die Beine im Schneidersitz unterzuschlagen, wie Tarzan es machte, und plumpste auf den Rükken. Es sah komisch aus. Sonst hätte es Heiterkeit ausgelöst. Jetzt achtete niemand auf ihn.

„Ich stecke in einer schlimmen, ausweglosen Situation", begann Grünke. „Behelligt hätte ich euch damit nicht. Auch jetzt tue ich das nur ungern. Aber ich mußte es Moni erzählen, weil sie von mir und meinem Schicksal abhängig ist. Gaby hörte zufällig, worum es geht. Und ich möchte sie nicht darum bitten, daß sie euch, ihren Freunden, nichts sagt. Ihr seid alle vertrauenswürdig. Und mein Schicksal ist ohnehin besiegelt."

Dann erzählte er.

Kein Laut unterbrach ihn. Sogar das Schluchzen der Mädchen war verstummt.

Als er geendet hatte, herrschte weiterhin Stille.

Das also ist es! dachte Tarzan. Und so ist es mir fast am liebsten. Grünke ist – trotz seiner Verfehlung – doch der prima Kerl, für den wir ihn halten. Aber dieser Karsoff. . . Erpressung gehört wirklich zu den gemeinsten Verbrechen!

„Karsoff – das ist dieser finstere Typ mit der gebrochenen Nase, der vermeintliche Autoknacker, nicht wahr?"

Grünke blickte erstaunt. „Stimmt. So sieht er aus? Aber wie kommst du darauf?"

„Wir haben Sie mit ihm zusammen gesehen. Im Café Brand. Deshalb wollten wir Sie ohnehin fragen. Karsoff scheint nämlich nicht nur Industriespion zu sein, sondern interessiert sich auch sehr stark für militärische Geheimnisse. Von der Nato, zum Beispiel. Deshalb hat er auch versucht, Hildegard Putz, der Spionin, die schwarze Tasche zu stehlen, in der garantiert die Nato-Papiere waren. Wir sind ihm auf der Spur. Und eigentlich wollten wir Gabys Vater jetzt Bescheid geben, damit Verfassungsschutz und Bundeskriminalamt sich um Karsoff und Konsorten kümmern."

In wenigen Worten berichtete er, was er und Karl ermittelt hatten.

„Das ist ja großartig!" rief Grünke. „Das reicht sicherlich, um Karsoff festnehmen zu lassen. Und damit. . ." Er stockte.

Tarzan erriet, was dem Chemiker durch den Kopf ging.

„Und damit, Herr Grünke, sind Sie noch nicht aus dem Schneider. Denn ein Verbrecher wie Karsoff ist zu jeder Gemeinheit fähig. Wenn der untergeht, reißt er alle anderen mit. Das heißt, er wird Sie verraten. Nutzen hat er davon nicht mehr. Aber die schäbige Genugtuung, daß nicht nur er hinter Gintern sitzt. Deshalb schlage ich was anderes vor."

Gespannt hörten sie ihm zu.

„Es setzt voraus", sagte er, „daß zunächst mal alles unter uns bleibt." Er sah Gaby an. „Wie wir zu deinem Vater stehen, Pfote, brauche ich wohl nicht erst auszusprechen. Aber er käme vielleicht in einen Gewissenskonflikt, wenn er schon jetzt von der Sache erfährt. Denn dann müßte er weitergeben, was er weiß – ohne Rücksicht auf Herrn Grünke. Andererseits geht die Welt nicht gleich unter, wenn Karsoff noch zwei oder drei Tage auf freiem Fuß bleibt."

Gaby nickte.

„Ich habe folgenden Plan", fuhr er fort: „Es muß so aussehen, als täten Sie, Herr Grünke, alles, was Karsoff von Ihnen verlangt. Dann ist er zufrieden. Daß ihm die Forschungsergebnisse sehr schnell abhanden kommen, ist schließlich nicht Ihre Schuld. Für das Abhandenkommen sorgen wir, Ihre Freunde vom TKKG. Und wir werden es so einrichten, daß Karsoff sonstwen verdächtigt. Andere Industriespione, meinetwegen. Aber nicht Sie! Zweckmäßigerweise lassen Sie eine Bemerkung fallen, Ihnen wäre ein verdächtiger Kerl aufgefallen, der Sie verfolgt, belauert, beobachtet."

„Ich könnte sogar behaupten, ein anderer Industriespion – Name unbekannt – hätte von meinem Projekt V Wind bekommen und mir ein großzügiges Angebot gemacht."

„Sehr gut."

„Aber wie wollt ihr Karsoff mein Material abnehmen?"

Tarzan grinste. „Notfalls mit Gewalt. Verlassen Sie sich da ganz auf uns. Wissen Sie seine Adresse?"

Grünke nickte.

„Sobald wir das Material zurück haben", spann Tarzan seinen Faden weiter, „entsteht eine Atempause. Das ist dann Ihre Chance, Herr Grünke. Sie können das tun, was Sie vorhaben: sich selbst anzeigen. Ganz bestimmt werden Sie milde Richter finden. Ehe Karsoff dann erfährt, daß die Projekt-V-Forschungsergebnisse nach wie vor – beziehungsweise wieder! – dort sind, wo sie hingehören, nämlich bei Ihrer Firma – ehe er das erfährt, sitzt er im Knast. Dort kann er über Sie sonstwas behaupten. Sie bestreiten einfach alles. Beweisen kann er nichts. Und ich glaube auch nicht, daß Ihre Firma sich für Karsoffs Gehässigkeiten interessiert. Oder daß das Gericht einem Karsoff Glauben schenkt."

„Nein, bestimmt nicht." Grünkes Stimme zitterte. „Wenn das so gelingt, wie du planst, gäbe es für mich noch eine Zukunft."

„Eine rosarote sogar", schaltete Karl sich ein. „Wird doch vor Gericht immer alles herangezogen, was zur Charakterisierung des Angeklagten dient. Wenn ich da nur an Ihre selbstlose Tat denke, Herr Grünke, für die Sie heute geehrt wurden – also an Ihrer Stelle hätte ich keine Bange!"

„Ihr könnt einem Mut machen, Kinder." Grünke seufzte.

„Was haben Sie mit Karsoff vereinbart?" fragte Tarzan.

„Ich soll ihn anrufen, sobald ich die Forschungsergebnisse aus dem Labor geholt habe."

„Wann können Sie die holen?"

„Jederzeit."

„Würde er es merken, wenn Sie ihm wertloses Zeug unterjubeln? Irgendwas, das sehr wissenschaftlich aussieht, aber ein alter Hut ist."

„Er ist nicht dumm. Und auch er hat damals Chemie studiert."

„Das geht also nicht. Es wäre zwar noch eleganter gewesen, aber er darf nicht mißtrauisch werden. Morgen ist Samstag. Der richtige Tag für unser Vorhaben. Also, ich denke es mir so. . ."

Und dann begann er, seinen Plan ausführlich zu erläutern.

# 10. Stanislaus will's billiger

Der Spion Stanislaus Cojarczik war noch nicht lange in der Stadt. Sein Vorgänger hier hatte kürzlich das Zeitliche gesegnet, im besten Mannesalter, also viel zu früh. Auf der Ausfahrt der Autobahn war er, ohne selber was falsch zu machen, mit einem Geisterfahrer zusammengeprallt. Der hatte überlebt. Aber den Spion hatte man nur noch als Leiche aus dem Blechhaufen geborgen, der eben noch ein Luxusauto gewesen war.

Sein Begräbnis wurde ein großes Ereignis. Jede Zeitung brachte einen ehrenden Nachruf. Am offenen Grab wurden Reden gehalten. Und die Abordnungen zahlreicher Vereine, Clubs und politischer Parteien legten Kränze auf den Sarg. Der Spion war ein Mann des öffentlichen Lebens gewesen, überall Mitglied, überall Macher, überall angesehen, hier und da sogar beliebt.

Nur daß er Spion gewesen war für eine fremde Macht, das hatte niemand gewußt – und wußte es auch heute noch nicht.

Diese Nachfolge trat Stanislaus also an, aber klein und unauffällig zunächst. Nie, das wußte er, würde er soviele Fäden in der Hand halten wie sein Vorgänger. Dafür fehlten die Voraussetzungen. Aber Stanislaus hatte Ehrgeiz.

Die Agenten anderer Spionage-Organisationen kannten ihn noch nicht, allenfalls seinen Namen. Kontakte bestanden bis jetzt nur zu Bernd Wacker und den geldgierigen Typen Karsoff und Bulanski. Mit allen hatte er schon eine Reihe kleiner Geschäfte gemacht.

Wer seine Konkurrenten waren, wußte Stanislaus. Tagelang hatte er die beiden beschattet: den rosigen Max Wunderlich und die kesse Franziska Hensch. Daß die ihn – obwohl sie clever *(gerissen)* waren – nicht bemerkten, hatte ihn mächtig gefreut.

Als Karsoff und Bulanski ihm die Nato-Papiere anboten,

wußte er sofort: Das war *seine* Chance. Damit konnte er sich in seiner Organisation zum Top-Agenten, zum Star-Spion machen. Allerdings nicht, indem er mit den anderen mitbot und noch was drauflegte auf die geforderte Million, um den Zuschlag zu erhalten. Nein, so nicht. Das konnte ja jeder. Billig, möglichst für den halben Preis, wollte er die Nato-Papiere an sich bringen. Und er wußte auch, wie.

Er mußte die Konkurrenten ausschalten. Den Wunderlich. Die Hensch. Wenn die nicht mitboten, war er der einzige. Dann konnte er den Preis bestimmen. Und Bulanski und Karsoff mußten froh sein, daß es überhaupt einen Kunden gab.

Er bezweifelte nicht, daß die beiden die Nato-Papiere besaßen. Wobei unerheblich war, ob diese Hildegard Putz für sie arbeitete oder ob sie, Karsoff und Bulanski, ihr, Hildegard Putz, das Material abgejagt hatten.

Trotzdem – wozu gibt es tote Briefkästen! Die Kostprobe mußte geprüft werden. Das war selbstverständlich.

Also fuhr er zum Walther-Park, um im doppelten Boden des Vogelhäuschens nachzusehen.

Stanislaus wirkte wie ein italienischer Graf. Er war jung, mittelgroß und modisch gekleidet, hatte ein längliches Gesicht mit heller glasiger Haut und blauen Bartschatten. Seine Augen waren schwarz wie Briketts. Das blauschwarze Haar war links gescheitelt. Er trug eine Hornbrille.

Als er zum Vogelhäuschen kam, hatten die betrunkenen Spatzen sich in eine andere Ecke des Parks verzogen – um dort ihren Rausch auszuschlafen.

Spaziergänger waren in der Nähe.

Dreimal machte Stanislaus durch den Park die Runde, ehe die Luft rein war.

Rasch löste er dann das untere Brett vom Boden des Vogelhauses.

Nichts!

Er bückte sich und sah in den Spalt.

Nein, nichts! Keine Fotokopie, keine Probe.

Panik überfiel ihn.

Bedeutete das, Karsoff und Bulanski waren sich mit einem der andern bereits handelseinig? Und pfiffen darauf, ob er sein Angebot machte?

Jetzt gab es nur eins: Augenblicklich mußte er die Konkurrenten kaltstellen.

Er rannte zum Wagen zurück, fuhr durch die Stadt, kam am West-Friedhof vorbei und näherte sich der Pension „Schöne Aussicht".

In gebührender Entfernung parkte er am Straßenrand. Er breitete eine Zeitung aufs Lenkrad, las aber nicht. Aufmerksam beobachtete er die Pension.

Eine korpulente Dame, die einen fetten Mops an der Leine hielt, näherte sich und stieg ächzend die Stufen hinauf. Der Mops schaffte es mit letzter Kraft. Beide verschwanden in der „Schönen Aussicht".

Stanislaus sah auf die Uhr. Um diese Zeit war Wunderlich immer zu Hause, jedenfalls freitags. Etwas später ging er dann meistens zur Waldschänke, um sich fürs Wochenende mit einem kühlen Bier einzustimmen.

Die Wirtschaft lag hinter dem Eintracht-Sportplatz, also tatsächlich am Waldrand, und Wunderlich benutzte seinen Wagen nur, wenn es junge Hunde regnete. Heute war schönes Wetter, und so sollte es auch bleiben.

Genau 18 Minuten später verließ Wunderlich die Pension. Er trug jetzt Cordhosen mit schmalem Gürtel, der tief in seinen Schmerbauch schnitt, und eine Windjacke mit Strickkragen. Stramm schritt er die Straße hinab. An der Ecke bog er in die Bohm-Allee ein, die zum Sportplatz führte.

Stanislaus ließ ihm Vorsprung. Dann fuhr er ihm nach.

Als er seinen Wagen auf die Allee lenkte, sah er Wunderlich.

Der Rosige ging am Sportplatz vorbei, den Kopf zur Seite gedreht. Er beobachtete die jugendlichen Ballkünstler, die auf ein Tor kickten und davon träumten, in Beckenbauers oder Uwe Seelers Fußstapfen zu treten.

Hinter dem Sportplatz zog die Allee sich etwa einen Kilometer durch wiesiges Gelände, ehe sie – nach einer Rechtskurve – bei der Waldschänke endete. Kein Wagen war zu sehen, Wunderlich der einzige Spaziergänger.

Stanislaus fuhr an, überholte ihn, ohne hinzublicken, hielt vor der Kurve und stieg aus.

Wunderlich war noch weit entfernt, seine feiste Gestalt kaum zu erkennen.

Die Allee-Bäume standen hier sehr dicht, Büsche füllten die Lücken. Stanislaus verbarg sich hinter dem dicken Stamm einer Eiche. Seine rechte Hand umspannte den kurzen Hartgummiknüppel, der sonst im Handschuhfach lag. Er wartete. Er war ganz ruhig. Er wußte, was er zu tun hatte. Daß jemand stören würde, war unwahrscheinlich. Um diese Zeit herrschte hier Flaute.

Nach einiger Zeit hörte er einen harten Schritt.

An den Stamm gepreßt, lugte er hervor. Da kam er, der Rosige. Er starrte geradeaus und bewegte die Arme im Rhythmus der Schritte. Dicht am Baum ging er vorbei.

Stanislaus sprang hinter ihn. Wunderlich hörte, wie Sand knirschte, und wollte sich umdrehen.

Der Hieb traf ihn ins Genick. Schlagartig gingen in seinem Gehirn die Lichter aus. Er wäre hart auf den Boden geschlagen, aber Stanislaus wendete immer nur soviel Gewalt an, wie unbedingt nötig war.

Er fing den Bewußtlosen auf. Wunderlich war schwer wie ein Mehlsack, aber Stanislaus schleifte ihn zum Wagen und schob ihn auf den Rücksitz.

Dann blickte Stanislaus umher.

Hinter einem Elektro-Zaun stand eine schwarz-weiße Kuh und glotzte herüber. Sie war die einzige Zeugin des Überfalls.

Mit armlangen Nylonschnüren fesselte er Wunderlichs

Hände und Füße. Über den Mund klebte er ihm ein breites Heftpflaster, das er aus dem Verbandskasten nahm. Dann warf er eine Wolldecke über die immer noch reglose Gestalt, stieg ein und fuhr weiter.

Bei der Waldschänke, einer anspruchslosen Einkehr, endete die Allee. Aber eine schmale Straße führte weiter – durch den kleinen Wald bis zum nächsten Ort, einem Dorf. Zwischen Wald und Dorf dehnten sich Wiesen und Felder aus. Eine verfallene Scheune, abseits gelegen, war Stanislaus' Ziel.

Er hielt hinter dem morschen Gebäude. Wiederum überzeugte er sich, daß niemand ihn beobachtete.

Als er die Decke wegzog, stierte Wunderlich ihn an. Er war noch benommen und sah etwas weniger rosig aus.

Stanislaus löste seine Fußfessel und zerrte ihn aus dem Wagen. Unsicher stand Wunderlich auf seinen kurzen Beinen.

„Keine Sorge!" sagte Stanislaus. „Das Schlimmste hast du überstanden."

Er drängte ihn in die Scheune, wo in einer Ecke noch etwas Heu lag. Dorthin mußte Wunderlich sich setzen. Abermals fesselte er ihm die Füße. Zusätzlich band Stanislaus ihn an einem Balken fest. Zum Schluß warf er ihm die Decke über die Beine.

Stoisch hatte der Spion alles über sich ergehen lassen. Aber allmählich wurde sein Blick klarer. Ins Gesicht kehrte die Farbe zurück.

„Hier findet dich niemand", sagte Stanislaus. „Nur zur Erntezeit kommen die Bauern vorbei. Aber solange bleibst du nicht. Du hast nur eine – etwas ungemütliche – Nacht vor dir. Spätestens morgen abend befreie ich dich, Genosse. Denn bis dahin habe ich, was ich will und was du mir sonst wegschnappen würdest. Also, nur ein bißchen Geduld."

Wunderlichs Augen flackerten. Er hatte verstanden. Panik schien ihn zu befallen, denn das Gesicht verzerrte sich. Unverständliche Laute blubberten unter dem Heftpflaster hervor, aber das kümmerte Stanislaus nicht. Er schloß das morsche Tor, so gut es ging, stieg in den Wagen und fuhr zur Stadt zurück.

Und jetzt Franziska Hensch! dachte er.

Sie wohnte in einem Apartmenthaus, wie er wußte. Allein. Bis vor kurzem hatte sie einen ständigen Begleiter gehabt, einen nicht mehr ganz jungen Herrn mit, sicherlich, gut gepolstertem Bankkonto. Aber dann war sie seiner wohl überdrüssig geworden und hatte ihm den Laufpaß gegeben. Er kam zwar noch mehrmals angezittert, der Graukopf, und klingelte sich am Eingang den Daumen breit. Doch Franziska spähte nur kurz durch die Gardinen und ließ ihn nicht ein – wie Stanislaus amüsiert beobachtet hatte. Inzwischen war dem Verehrer die Lust vergangen. Somit bestand keine Gefahr, daß Franziska vermißt wurde, wenn sie für ein oder zwei Tage unauffindbar aus ihrer Wohnung verschwand.

Stanislaus fuhr langsam, als er dem Ziel näher kam. Er kaute auf der Unterlippe und überlegte, wie er es anstellen sollte. Noch wußte er's nicht. Es würde schwieriger werden als mit Wunderlich. Aber Stanislaus verließ sich auf sein Talent, im richtigen Moment das Geeignete zu tun.

Der späte Nachmittag ging auf den Abend zu, Sonnenlicht vergoldete die oberen Etagen des Apartmenthauses. Es war schmal, schmucklos, gelb verputzt und hatte acht Stockwerke. Der Eingang lag an der Seite, wo auch der Hof war mit den Stellplätzen für zwei Dutzend Autos.

Eben rollte ein Wagen auf die Straße.

Stanislaus erkannte ihn von weitem, sah auch, daß Franziska am Lenkrad saß.

Sie kam in seine Richtung und fuhr flott.

Fluchend riß er seinen Wagen in eine Einfahrt. Es war weit und breit die einzige Möglichkeit zum Wenden. Er mußte kurbeln wie irre, sich furchtbar beeilen und hätte fast einen Fußgänger umgesäbelt. Hinter ihm wurden Fäuste geschwungen, als er sich wieder in den fließenden Verkehr stürzte: todesmutig, weil unmittelbar vor einem Wagen der Müllabfuhr, der zum Glück bremsen konnte.

Die nächste Ampel sprang auf gelb. Franziska trat aufs Gas. Ihr Wagen schoß über die Kreuzung. Sie war drüben, bevor Rot aufleuchtete. Stanislaus mußte bremsen.

Er zischte Flüche durch seine etwas gelblichen Zähne und verharrte wie ein Sprinter im Startloch.

Erleichtert sah er dann, daß auch Franziska ihre Fahrt verzögern mußte.

Ein riesiger Möbelwagen stieß aus einer Toreinfahrt zurück und wurde auf die Straße manövriert, die er in voller Breite sperrte. Der Beifahrer war ausgestiegen, pflanzte sich auf die Fahrbahn, gab Anweisungen und gebot den anderen Verkehrsteilnehmern mit ausgestrecktem Arm Halt.

Als der Möbelwagen endlich in Fahrtrichtung stand, hatte Stanislaus die Kreuzung hinter sich. Nur ein Wagen befand sich zwischen ihm und Franziska. Das war günstig. Zu dicht durfte er nicht aufrücken. Nur keine Stoßstangenberührung! Sonst hätte sie vielleicht bemerkt, daß ihr der Italo-Typ nicht zufällig folgte.

Ab hier lief es glatt für ihn.

Dann, als er merkte, wohin sie wollte, war es endgültig vorbei mit seiner Ruhe.

Ihr Weg führte pfeilgerade zur Karsoff-Bulanski-Adresse.

Verdammt! Hatte sie das Geld etwa bei sich? War der Handel perfekt? Bekam sie die Nato-Papiere?

Unmöglich! dachte er dann. So eine Summe ist nicht im Handumdrehen zu beschaffen. Sowas braucht Zeit. Selbst bei ihrer Organisation, die ja über enorme Mittel verfügt. Nein, noch ist nichts verloren für mich.

# 11. Der Trick mit der Zündung

Alles war besprochen. Alles war geregelt. Tarzan drängte zum Aufbruch.

Robert Grünke und Monika standen an der Haustür, als die TKKG-Freunde sich auf die Drahtesel schwangen. Auf beiden Seiten wurde gewinkt. Dann schnitt eine Kurve den Blickkontakt ab.

Tarzan fuhr neben Gaby. Sie hatte sich das Gesicht kalt gewaschen und sah nicht mehr verheult aus. Aber sorgenvoll.

„Du bist eine schwere Verpflichtung eingegangen", sagte sie. „Es wäre schlimm für Monis Vater, wenn dein Plan mißlingt."

„Ich bin da ganz zuversichtlich."

„Das bist du ja immer."

„Froher Mut weckt die Kräfte. Wer verzagt ist und trübe sinnt, lähmt nur sich selbst."

„Das könnte man sich als Spruch über den Spiegel hängen."

„Bei mir hängt es hier." Lachend tippte er sich von oben auf den Kopf.

„Heh!" rief Klößchen hinter ihm. „Links lang! Wo willst du denn hin?"

Durch Handzeichen hatte Tarzan angegeben, daß er rechts abbiegen wollte.

„Wohin wohl?" sagte er über die Schulter. „Je mehr man über seinen Gegner weiß, um so besser. Ist doch klar, daß wir uns bei Karsoff umsehen."

„Was? Jetzt?"

„Nein, nächste Woche."

Klößchen zog einen Flunsch. Als wollte er sich rächen, teilte er mit, daß er Hunger hätte.

„Bevor wir zurückkamen", sagte Tarzan zu Gaby, „hatte er gerade ein Kilo Schokoladenkekse verputzt, unser Hungerkünstler."

Karl holte auf, bis er neben Tarzan war.

„Vergiß nicht, daß Karsoff dich kennt. Er darf dich nicht sehen."

Tarzan nickte. „Ich halte mich im Hintergrund. Ihr könnt euch freier bewegen. Jedenfalls müssen wir das Terrain *(Gelände)* kennen. Danach entscheiden wir dann, wie und wo wir morgen zuschlagen."

Fröstelnd zupfte Gaby an ihrem Pulli. Aber das hatte nichts mit der Temperatur zu tun, denn auch der frühe Abend war noch lau. Es war ein bißchen inneres Bibbern, ein wenig Verzagtheit – denn was mit den Grünkes geschah, berührte sie, als wäre es ihr eigenes Schicksal.

Endlich erreichten die TKKG-Freunde die Breitenrieder Straße. Sie strafte ihren Namen Lügen, war nämlich ziemlich schmal – und ein Ried gab es nirgendwo. Sie lag in einem Wohnviertel mit Kleingärten. Alte Häuschen und moderne Bungalows wechselten sich ab. Die meisten Gassen und Nebensträßchen waren auf keinem Stadtplan verzeichnet. Es gab einfach zuviele.

Nr. 141 war Karsoffs Adresse.

Zwischen Nr. 135 – einem unbebauten, verwilderten Grundstück – und Nr. 137 – einem windschiefen Fachwerkhäuschen – zweigte eine Gasse ab. Sie war von Sträuchern gesäumt und unübersichtlich. Nach etwa 40 Metern bog sie sich zur Kurve.

„Ich bleibe erstmal hier", sagte Tarzan. „Fahrt ihr mal bei Karsoff vorbei. Aber verrenk dir nicht den Hals, Willi! Das könnte auffallen."

„Wem sagst du das! Wo ich doch als Späher die Unauffälligkeit in Person bin."

„Aber nur, wenn du nach Naturalien *(Lebensmittel)* spähst!" lachte Karl.

Tarzan deutete in die Gasse. „Ich sehe mir das Gelände von hinten an."

Seine Freunde radelten weiter. Er sah ihnen nach.

Wie unauffällig! dachte er. Gaby zieht alle Blicke auf sich – berückend hübsch, blond und blauäugig, wie sie ist. Karl ist als schlaksiger Typ das Gegenteil von unserem Klößchen. Als Gespann sind die beiden ein Motiv für Foto-Amateure! Nach dem Motto: Mein lustigster Schnappschuß! Wirklich sehr unauffällig. Naja, hoffen wir, daß Karsoff nicht zu Hause ist.

Langsam fuhr er in die Gasse.

Eine graue Katze kreuzte seinen Weg, schlüpfte durch den Zaun und verschwand zwischen Büschen. Nehmt euch in Acht, ihr Mäuse! Ihr Singvögel auch!

Die Sonne hatte sich hinter die Hochhäuser der Innenstadt gesenkt. Die Schatten wurden länger. Dämmerung färbte ein schwaches Lila ins Tageslicht.

Tarzan prägte sich ein, wie die Gärten und Grundstücke angeordnet waren, und rollte durch die Kurve.

Im nächsten Moment bremste er. Er setzte die linke Fußspitze auf den Boden und schob sich einen halben Meter zurück. Am Zaun wuchsen dichte Büsche. Dorthin wich er aus. Die Büsche verbargen ihn. Aber durch dichtbelaubte Zweige konnte er sehen, was sich hinter der Kurve tat.

Zwei Wagen parkten dort – hintereinander.

Der vordere war leer. Die Tür des andern stand offen. Der Fahrer war ausgestiegen. Was er tat, war im höchsten Maße verdächtig.

Er stand neben dem vorderen Wagen. Mit dem Schraubenzieher hatte er den Türrahmen dicht beim Mittelpfosten etwas aufgebogen. Geschickt hängte er eine Drahtschlinge durch den Spalt. Sie faßte den Türstöpsel, zog ihn hoch. Die Tür ließ sich öffnen.

Ein Autodieb!

Aber was macht er mit *seinem* Wagen? überlegte Tarzan. Er ist allein und kann nicht gleichzeitig zwei fahren.

Also ein Automarder, der parkende Fahrzeuge ausraubt!

In Gedanken spuckte Tarzan bereits in die Hände.

Doch er griff noch nicht ein. Verblüfft beobachtete er den Kerl.

Der schien sich sicher zu fühlen. Zwar blickte er ab und zu in beide Richtungen, hantierte jedoch weiter: Rasch und routiniert *(erfahren)*.

Daß Anwohner ihn beobachteten, brauchte er nicht zu befürchten. Zu den Grundstücken hin bildeten Sträucher einen dichten Wall.

Und jetzt? Nanu? Für Ablage und Handschuhfach schien er sich nicht zu interessieren. Stattdessen löste er die Verriegelung der Motorhaube.

Der Deckel wurde hochgeklappt. Nur für einen Moment beugte der Mann sich hinein.

Was er machte, konnte Tarzan nicht sehen. Aber er ahnte es.

Die Motorhaube wurde geschlossen, die Fahrertür verriegelt. Der Mann überzeugte sich, daß er keine Spur hinterlassen hatte. Dann wischte er sich die Hände am Taschentuch ab.

Er hatte blauschwarzes Haar und sah aus wie ein italienischer Playboy *(reicher junger Mann, der statt zu arbeiten nur dem Vergnügen lebt)*.

Gelassen zündete er eine Zigarette an. Dann schlenderte er in Tarzans Richtung. Es schien, als warte er. Er nahm seine Hornbrille ab und schob sie in die Brusttasche.

Mehr sah Tarzan nicht. Leise zog er sich zurück, machte kehrt und fuhr zur Straße. Er hielt an einer Zaunecke und stützte eine Hand auf die Latten.

Seine Freunde hatten sich weit entfernt, fast bis zum Ende der Straße, und fuhren immer noch in die Richtung. Offenbar hielten sie das für unauffälliger, als gleich wieder zu wenden.

Eine Frau näherte sich. Sie sah apart aus mit ihrem braunen Haar, den dunklen Augen und der kecken Stupsnase. Sie trug einen modischen Hosenanzug in Grün und schritt auf sehr hohen Absätzen. Den Riemen ihrer Tasche hatte sie sich über die Schulter gehängt.

Tarzan tat gelangweilt, blickte aber rasch über die Schulter. Der Dunkelhaarige hatte sich genähert. Jetzt bemerkte er die Frau, die die Einmündung der Gasse erreicht hatte.

Sofort machte er kehrt und bummelte zurück.

Die Frau streifte Tarzan mit einem Blick und bog in die Gasse. Ihre Ansätze klapperten. Sie wich Schlaglöchern aus und ging an dem Dunkelhaarigen vorbei.

Tarzan wartete, bis beide hinter der Kurve verschwunden waren, dann strampelte er langsam hinterher.

Schon von weitem hörte er, wie der Anlasser schnarrte. Aber der Motor sprang nicht an.

Er grinste. Dem werde ich, dachte er, die Suppe versalzen!

Die Frau saß in dem Wagen, mit dem der Kerl sich beschäftigt hatte. Wieder und wieder drehte sie den Zündschlüssel. Vergebens.

Soeben näherte sich der männliche Helfer – ein Kavalier vom blauschwarzen Scheitel bis zur zwiegenähten Ledersohle seiner Slipper.

Neben der Fahrertür blieb er stehen, freundlich, hilfsbereit, mit amüsiertem Lächeln.

„Na, will er nicht mehr?"

Die Frau hatte das Fenster geöffnet. „Verstehe ich nicht! Er war gerade erst in der Inspektion."

„Dann ist es kein Wunder." Er ließ seine Zigarette fallen und trat sie aus. „Die meisten Pannen gibt's nach der Inspektion. Die Erfahrung mache ich immer wieder."

Tarzan hielt in fünf Schritt Entfernung, lehnte sich an den Zaun auf der linken Seite, blieb aber im Sattel.

Der Dunkelhaarige bemerkte ihn und runzelte die Stirn. Wieder wandte er sich der Frau zu.

„Versuchen Sie's nochmal."

Sie folgte der Aufforderung. Aber das Ergebnis war das gleiche.

„Hm."

Der Mann blickte zu Tarzan her. Daß der hier Maulaffen feilhielt *(gaffen)*, schien ihn nervös zu machen.

„Suchst du was, Junge?"

Tarzan antwortete nicht, sah ihn ausdruckslos an.

„Ob du was suchst?"

„Ich wohne hier."

„Dann geh nach Hause. Deine Mutter will die Kinder zählen."

Tarzan reagierte nicht.

Achselzuckend wandte der Kerl sich an die Fahrerin.

„Öffnen Sie doch bitte mal die Motorhaubenverriegelung. Vielleicht kann ich Ihnen helfen."

Bestimmt kann er das! dachte Tarzan. Aber nur ein bißchen. Nur, daß die Karre gerade so läuft.

Der Mann öffnete die Motorhaube.

Tarzan sah, daß er sich an den Zündkerzenkabeln zu schaffen machte.

Na, klar! Die hatte er vorher vertauscht. Deshalb konnte die Kiste nicht anspringen. Jetzt würde er die Kerzenschuhe der Zündanlage so stecken, daß die Maschine wieder arbeitete, aber unregelmäßig tuckerte und keine volle Leistung brachte. Dann konnte er seine Begleitung anbieten, um bei Bedarf als selbstloser Pannenhelfer zur Stelle zu sein.

Wahrscheinlich ein Sittenstrolch! dachte Tarzan. Dabei sieht er gar nicht so aus.

„Nochmal anlassen!" rief er.

Die Frau drehte den Zündschlüssel.

Der Motor sprang an. Aber es klang jämmerlich, als saufe er gleich ab. Er tuckerte, spuckte, machte zwischendurch Atempausen, als hätte er Asthma *(Atemnot)*.

„Irgendwas stimmt da nicht."

Der Italo-Typ werkelte noch ein bißchen mit seinen manikürten Fingern. Aber es wurde nicht besser.

Er trat zur Fahrertür. „Kann sein, daß er gleich schlappmacht. Soll ich mitfahren bis zur nächsten Werkstatt? Damit jemand schieben kann, wenn Ihre Rennsemmel stehen bleibt."

Er lächelte gewinnend.

„Oh, das wäre zu nett!" erwiderte sie. „Ich kenne mich in dieser Gegend nicht aus. Gibt's in der Nähe eine Werkstatt?"

„Gar nicht weit."

Tarzan war abgestiegen, hatte sein Rad an den Zaun gelehnt und trat zu der immer noch geöffneten Motorhaube.

„Heh, was willst du?" fuhr der Kerl ihn an.

„Nur mal hineinsehen."

„Verstehst du was davon?"

„Ich bin technisch interessiert und will mal Ingenieur werden."

Der Mann kam auf ihn zu. Seine Haltung war drohend.

„Laß die Finger davon, ehe du was kaputt machst?"

„Ist das Ihr Wagen?"

„Laß die Finger davon, habe ich gesagt."

Tarzan sah die Frau an. „Darf ich? Sie können sich darauf verlassen, daß es Ihrem Wagen nur nützt."

Sie nickte. Ihr Blick war nachdenklich geworden. Sie musterte den Dunkelhaarigen, während Tarzan die Pulloverärmel hochschob und sich über die Zündanlage hermachte.

Es war ganz leicht, sofern man weiß, wie.

„So, meine Dame! Alles in Ordnung. Starten Sie mal!"

Sie tat's, und der Motor lief rund.

„Nicht zu glauben", sagte sie durchs Fenster. „Du bist ja wirklich ein Pannenhelfer wie vom Automobilclub."

Tarzan klappte den Motordeckel zu.

Der Dunkelhaarige biß auf seine Unterlippe. Aus zusammengekniffenen Augen beobachtete er Tarzan.

Der wischte sich die Hände ab. Dann trat er vor den Mann.

„Pech, was?"

Die schwarzen Augen hinter der Hornbrille, die er wieder aufgesetzt hatte, waren kalt und böse.

„Wieso? Du hast es doch hingekriegt, Junge. Ich bin nun mal kein Techniker."

„Oh, warum so bescheiden? Ich finde, Sie haben durchaus technisches Talent – wenn es darum geht, einen Wagen aufzubrechen, ohne daß man hinterher was sieht. Und wie man mit den Zündkerzenkabeln umgeht, damit der Motor sich nicht rührt – das wissen Sie auch ganz genau, nicht wahr?"

Lähmende Stille legte sich über die drei.

Das Gesicht des Dunkelhaarigen schien erstarrt. Aber seine Haltung war locker, bereit zum Angriff.

„Hat er das mit meinem Wagen gemacht?" Die Stimme der Frau klang ruhig.

„Ja, das hat er", antwortete Tarzan, ohne den Blick vom Gesicht des Mannes abzuwenden. „Ich habe ihn beobachtet."

In diesem Moment tauchten Gaby, Karl und Klößchen auf. Sie radelten durch die Kurve.

Tarzan wurde abgelenkt und sah zu ihnen hin.

Sofort reagierte der Kerl.

Heimtückisch schlug er zu. Seine Faust war auf Tarzans Magen gerichtet, traf aber nicht, sondern stieß ins Leere.

Mit einem kleinen Seitschritt war Tarzan ausgewichen.

Der Mann stolperte vorwärts. Der eigene Schlag riß ihn mit.

Daß Tarzan den Ellbogen hochriß, war berechtigte Notwehr.

Es knirschte. Der Angreifer schrie auf, taumelte zurück, griff sich ins Gesicht und fiel auf den Hintern.

Aus seiner Nase strömte Blut, als wäre ein Wasserhahn aufgedreht. Innerhalb von Sekunden waren Hemd, Jackett und Krawatte versaut. Die Nase, so schien es, saß jetzt schief im Gesicht.

Der Mann hielt sich den Kopf und versuchte aufzustehen. Aber seine Knie waren zu wackelig.

„Max Wunderlich sind Sie nicht", sagte die Frau in diesem

Er haut ab!

Moment. „Den kenne ich. Wahrscheinlich habe ich mit Stanislaus Cojarczik die Ehre. Ist ja reizend, wie Sie sich einführen! Eins auf die Nase tut Ihnen gut.“ Sie lachte.

Dann winkte sie Tarzan zu sich. „Hier! Das ist für deine Hilfe. Du hast mir mehr geholfen als du ahnst. Vielen Dank.“

Sie schob ihm einen Schein zwischen die Finger, startete den Wagen und brauste die Gasse hinunter.

Verblüfft sah Tarzan auf einen – Hunderter.

„Er haut ab!“ rief Klößchen.

Auch Tarzan hatte bemerkt, daß der Kerl sich zum Wagen schleppte, ließ es aber zu. Wenn die Frau diesen Stanislaus nicht belangen wollte – dann sollte er, in Gottes Namen, abzischen.

Ein ganz anderer Brocken lag Tarzan im Magen. Was hatte die Frau gesagt? *Max Wunderlich sind Sie nicht.* Meinte sie den rosigen Spion aus der Pension „Schöne Aussicht“?

Stanislaus saß jetzt hinterm Lenkrad. Sein Wagen sprang sofort an.

Eine Hand an die Nase gepreßt, fuhr er ab.

Tarzan hatte mit einem haßerfüllten Blick gerechnet. Aber Stanislaus starrt geradeaus und beugte sich tief übers Lenkrad. Der Wagen verschwand.

„Immer dasselbe“, sagte Gaby, „läßt man dich fünf Minuten allein, prügelst du dich.“

„Er hat angefangen. Ich mußte mich wehren.“

„Und womit hast du ihn gereizt?“ fragte sie streng.

„Das will ich ja gerade erzählen, falls du mal innehältst, mich mit Vorwürfen, ungerechtfertigten, zu überschütten.“

Gaby hob die dunklen Wimpern zu einem unnachahmlichen Augenaufschlag und lächelte honigsüß. „Wir hören.“

Als er fertig war, sagte sie: „Das ist ja, als gäben die Spione sich hier ein Stelldichein. Bestimmt hat die Frau unseren Max Wunderlich gemeint. Sie war nämlich bei Karsoff. Das heißt, nicht direkt. Aber sie hat ihm was in den Briefkasten gesteckt. Das konnten wir beobachten, nicht wahr?“

Karl und Klößchen nickten.

Tarzan pfiff durch die Zähne. „Da scheint sich was anzuspinnen. Daß wir um Himmels willen den Namen nicht vergessen. Stanislaus. . . verdammt, wie war der gleich?. . . Koja- . . eh. . ."

„. . .jartschik", fiel Karl ein. „Kojartschik. So klang er. Fragt sich nur, wie schreibt man das?"

„Immerhin haben wir beide Autokennzeichen", sagte Klößchen. „Die habe ich mir genau gemerkt. Aus reiner Verzweiflung! Um mich von dem ewig quälendem Hungergefühl abzulenken."

Er sagte die Kfz-Kennzeichen auf. Karl notierte. Klößchen wurde gelobt. Gaby meinte, wenn er öfter hungere, werde er sich noch zum Gedächtniskünstler entwickeln.

Dann erzählten sie Tarzan, was sie bei Nr. 141 – Karsoffs Adresse – gesehen hatten.

„Ist ein Bungalow", sagte Karl. „Mit Garage im Garten. Das Tor war geöffnet. Ein schwarzer Mercedes steht drin. Im Haus scheinen zwei zu wohnen. Jedenfalls sind am Gartentor, wo auch die Briefkästen hängen , zwei Namensschilder angebracht: Gregor Karsoff und Leo Bulanski. Den andern haben wir gesehen. Er stand auf der Terrasse und hat schwarze Halbschuhe geputzt. Wie mit drei linken Daumen, sage ich dir. Sowas ungeschicktes hast du noch nie gesehen! Jedenfalls ist er hellblond."

„Der Fahrer des schwarzen Mercedes", nickte Tarzan. „Leider habe ich den nur von hinten gesehen. Hellblond – das ist das einzige, was ich über ihn sagen kann."

„Ich finde, wir haben eine Menge herausgefunden", sagte Gaby.

„Und ob!" bekräftigte Tarzan. „Wir haben es nicht nur mit Karsoff, sondern vielleicht auch mit diesem Bulanski zu tun. Die Frau ist bestimmt nicht lupenrein. Sonst würde sie nicht wissen, wer Max Wunderlich ist. Stanislaus führt was gegen sie im Schilde, wie er eben gezeigt hat. Also ist er vom gleichen Kaliber. Und die Frau wiederum hängt irgendwie mit Karsoff und Bulanski zusammen. Würde zu gern wissen, was sie denen in den Briefkasten gesteckt hat. Aber da können wir nicht ran."

„Vielleicht sind alle miteinander Spione", meinte Klößchen hellsichtig.

„Das glaube ich auch", nickte Karl.

Gaby drehte eine blonde Welle um ihren Zeigefinger. „Ich fahre jetzt nach Hause. Kommt ihr mit? Zum Abendessen gibt es Käsebrot und Kakao."

„Endlich ein vernünftiger Vorschlag, liebe Pfote", freute sich Klößchen. „Ich, für meinen Teil, nehme die hochherzige Einladung mit Vergnügen an."

★

Karsoff öffnete die Terrassentür.

„Leo, hör endlich mit dem blöden Schuhputzen auf."

„Einer muß es doch machen. Oder putzt du vielleicht meine Schuhe?"

„Himmel! Komm rein!"

Bulanski begriff. Irgendwas lag an.

Als er ins Terrassenzimmer kam, sagte Karsoff: „Hast du nicht gesehen? Franziska Hensch war da. Hat was in den Briefkasten gesteckt. Sehr unvorsichtig. Hm. Naja, vielleicht ist es eilig."

„Zum toten Briefkasten an der Stadtmauer wärst du doch heute nicht mehr gegangen", sagte Bulanski.

„Stimmt."

Karsoff ging hinaus. Als er zurückkam, schwenkte er einen Briefbogen.

„Das Geschäft ist perfekt."

Den aufgerissenen Briefumschlag warf er in einen Papierkorb. Den Bogen zeigte er seinem Komplicen.

In zierlicher Schrift stand dort: *In Ordnung! Kaufe für 1,2. F. H.*

„Mensch!" flüsterte Bulanski – und schob seine blonde Perücke zurecht. „Eine Million und zweihunderttausend! Da wird der Chef aber begeistert sein. Das ist der Coup unseres Lebens."

„Wer weiß", grinste Karsoff, „ob wir an Robert Grünke nicht noch mehr verdienen."

Bulanski strahlte. Hektische Röte malte Flecke auf sein feistes Gesicht.

„Cojarczik können wir jetzt übergehen", meinte Karsoff. „Anstandshalber hätte ich ihm ein Angebot gemacht, wäre mir diese besoffene Amsel nicht dazwischen gekommen. Aber daß er mit seinem Verein nicht annähernd soviel bieten kann, wie die Hensch, weiß man ja. Doch über Wunderlich wundere ich mich."

Bulanski nickte. „Der ist sonst immer der schnellste. Müßte sich längst gemeldet haben."

„Wenn er diesmal zu spät kommt, ist es seine Schuld."

Das Telefon klingelte.

Karsoff zog die Brauen hoch. Der wird doch nicht etwa anrufen. Das wäre unverzeihlicher Leichtsinn! Zur Hölle! Ich haue ihm die rosige Visage ein, dieser übergeschnappte. . ."

Wütend riß er den Hörer ans Ohr. „Ja?"

„Karsoff?" fragte Grünke.

„Ah, der Herr Diplom-Chemiker! Na, wie sieht's aus?"

Grünke seufzte abgrundtief. „Wie soll's schon aussehen, wenn man von einem Subjekt *(minderwertiger Kerl)* wie dir erpreßt wird. Jedenfalls kann ich dir das Projekt V aushändigen. Morgen. Falls man mich nicht vorher kidnappt."

„Was soll das heißen: kidnappt?" schnappte Karsoff.

„Da scheinen noch andere zu wissen, wie bahnbrechend meine Forschungsergebnisse sind", schwindelte Grünke verabredungsgemäß. „Seit Tagen schon habe ich das Gefühl, daß ich beschattet werde. Aber ich hielt das für Hirngespinste. Deshalb habe ich dir nichts davon gesagt. Doch jetzt habe ich den Beweis."

„Was?“

„Vorhin erhielt ich einen Anruf. Der Mann verschwieg seinen Namen, machte aber ein überaus großzügiges Angebot, falls ich mich entschließen könnte, meine Projekt-V-Forschungsergebnisse an ihn weiterzugeben.“

Karsoff war alarmiert. „Hör mal!“ zischte er. „Ich kriege den Kram! Ich! Sonst bist du geliefert! Sonst lasse ich dich hochgehen wie eine Rakete mit doppeltem Treibsatz.“

„Jaja, ich weiß. Du hast alle Trümpfe in der Hand, Karsoff. Du bekommst, was du willst. Morgen hast du's.“

„Wo treffen wir uns?“

„Ich gehe zum Mittagessen ins Korfu. Punkt halb eins.“

„Ah, das griechische Restaurant, das neue. Gut. Da wollte ich auch schon mal hin. Ist geritzt. Morgen um 12.30 Uhr.“

Er legte auf.

„Nun?“ fragte Bulanski.

„Alles klar. Aber auf das Material sind offenbar noch andere scharf. Deshalb, Leo, bringen wir das gar nicht erst hierher. Der Chef soll zum Korfu kommen. Dort übergebe ich's ihm sofort. Bei ihm ist es am sichersten. Hinzu kommt, daß *er* die Kunden aus der Pharmazie-Branche kennt, die das Projekt V aufkaufen werden.“

„Helmut“, gemeint war der Chef, „wird sich freuen“, grinste Bulanski. „Wird morgen ein großer Tag für uns.“

„Du sagst es. Deshalb mache ich mich doch nochmal auf die Socken. Zu Franziskas totem Briefkasten. Werde ihr Nachricht geben, daß sie morgen mit einem Koffer voll Geld hier antanzen soll. Um – sagen wir! – 14.30 Uhr. Leo, dann geht es Schlag auf Schlag. Geld! Geld! Geld! Eine Million! Noch 'ne Million' Herrlich!“

Während Karsoff das Haus verließ, wählte Bulanski die Rufnummer der Franziska Hensch.

Als sie sich meldete, hüstelte er, legte dann sofort auf. Das war das vereinbarte Zeichen. Es bedeutete: Geh zum toten Briefkasten! Da ist Nachricht für dich.

# 12. Bewußtlos auf der Terrasse

Beinahe hätte man ihnen die Ladentür vor der Nase verriegelt. Aber dann ließ der Verkäufer des Fachgeschäftes für Jagd- und Angelzubehör die TKKG-Freunde doch noch ein.

Tarzan, nach Erhalt des Hunderters wieder steinreich, erstand einen Tränengasspray.

Als die vier Freunde wieder draußen waren, fragte Klößchen: „Und wo probieren wir das Ding aus?"

„Das geht überall." Tarzan las die Gebrauchsanweisung. „Die Frage wäre: An *wem* erproben wir ihn? Stellst du dich freiwillig zur Verfügung?"

„Nein, danke!" grinste Klößchen. „Ich habe gehört, Tränengas brennt in den Augen."

Nebenan war ein Supermarkt noch geöffnet. Die TKKG-Freunde kauften einen kleinen Blumenstrauß für Gabys Mutter und einen großen Büffellederknochen für Oskar, den prächtigen Cocker-Spaniel, der bestimmt schon auf Gaby – sein Frauchen – wartete.

Dämmerung brach an, als sie weiterfuhren. Auf dem Heimweg berührten sie den Walther-Park, radelten ein Stück an der Schmalseite entlang.

Dicht neben dem Gitter eines Gullys lag ein gefalteter Papierbogen am Straßenrand: die von der beschwipsten Amsel entführte Fotokopie der Seite 41.

Keiner der vier Freunde beachtete das Stück Papier. Da hätte man auch viel zu tun, kümmerte man sich um jeden herumflatternden Papierschnipsel.

Klößchens Hinterrad überfuhr sie. Vom Gummiprofil des Reifens gepackt, wurde sie hochgewirbelt. Sie segelte ein kleines Stück durch die Abendluft, fiel auf das Gitter, balancierte einen Moment auf einer Metallverstrebung und rutschte dann hinunter in den Senkkasten.

Die TKKG-Bande erreichte das gemütliche Altstadtviertel, wo Gaby wohnte.

Das kleine Lebensmittelgeschäft ihrer Mutter war schon geschlossen. Nur im Schaufenster brannte noch Licht.

Die Drahtesel wurden auf den Hinterhof geschoben.

Als sie die Treppe hinaufstiegen, kündigte Oskars Freudengebell ihr Kommen an. Gaby schloß auf, und der schwarzweiße Vierbeiner wußte vor Aufregung nicht, wen er zuerst begrüßen sollte. Liebte er doch sein Frauchen innigst. War doch Tarzan sein besonderer Freund. Mit Klößchen konnte er auf dem Boden herumkugeln. Und Karl bewies die größte Ausdauer, wenn es darum ging, Oskar hinter den Ohren zu kraulen.

„Na, Kinder, wie war's bei Monika?“ Frau Glockner kam aus der Küche.

Sie war sehr charmant *(bezaubernd)* und Gaby ihr wie aus dem Gesicht geschnitten. Nicht nur für die Tochter, auch für die Mutter hätten die Jungs sich zerreißen lassen.

„War herrlich, Mami“, erklärte Pfote, „wir wurden großartig bewirtet und hatten viel Spaß.“ Natürlich verschwieg sie, in welcher Klemme Herr Grünke steckte. „Ich habe die Jungs zum Abendessen mitgebracht. Und stell dir vor: Sie haben Blumen gekauft!“

Tarzan überreichte den Frühlingsstrauß. Mit dem, den Gaby für die Grünkes zusammengestellt hatte, konnte er sich nicht messen. Aber Margot Glockner freute sich sehr, stellte ihn gleich in eine Vase und dankte den Jungs.

Der Kommissar war noch im Dienst. Er hatte angerufen und mitgeteilt, er werde leider erst spät kommen.

Tarzan fühlte sich erleichtert, als er das hörte. Ihm wäre nicht wohl gewesen, mit Gabys Vater am Tisch zu sitzen und zu verschweigen, was die Spione und die Grünkes betraf. Zu vertrauensvoll war die Beziehung zwischen dem Kommissar und der TKKG-Bande. Andererseits: Um Grünke nicht zu schaden, mußten sie vorläufig den Mund halten. Es war wirklich ein Konflikt *(innerer Widerstreit)*.

Zum Abendessen gab es außer den angekündigten Käsebroten und großen Mengen Kakao einen knackfrischen Frühlingssalat, der allen gut schmeckte. Sogar Klößchen, den pflanzliche Nahrung wenig beeindruckte – sofern es sich nicht um Kakaobohnen handelte –, lud sich dreimal seinen Salatteller voll.

Nach dem Essen erboten sie sich, beim Abwasch zu helfen. Aber Frau Glockner sagte, sie wolle niemanden in der Küche sehen, was ohne großen Protest hingenommen wurde.

Also versammelten sie sich in Gabys Zimmer, wo Oskar sich mit zufriedenem Seufzen neben seinem Frauchen einrollte.

„Eine lange Nacht und der Vormittag“, sagte Tarzan, „liegen zwar noch vor uns, aber der Einsatz-Countdown *(nullwärts zum Start durchgeführte Zeitmessung, z. B. bei Raketenstarts; dauert oft über 24 Stunden)* läuft. Besprechen wir nochmal alles, damit morgen nichts schiefgeht.“

Klößchen, der in Gabys rotem Sessel fläzte und alle Viere von sich streckte, sagte: „Es wird ungeheuer.“

„Jeder wird auf seinem Posten sein“, nickte Tarzan. „Fangen wir mit Pfote an.“

Gaby kraulte Oskar. Gewohnheitsmäßig pustete sie gegen ihren Pony, obwohl er dank Monikas Schnitt zur Zeit die richtige Länge hatte.

„Also, ich mache mich adrett, nehme meinen Vierbeiner mit und bin vor halb eins im Korfu. Als Gast.“

„Als vorgeschobener Beobachter“, ergänzte Tarzan.

„Eben. Wollte ich ja gerade sagen. Ich setze mich so, daß ich das Restaurant überblicken kann und beobachte unauffällig, was sich bei Grünke und Karsoff abspielt – sobald die gekommen sind. Wie ich das jetzt sehe, werde ich meine Aufgabe fest im Griff haben.“

„Willi!“ sagte Tarzan.

„Mir obliegt“, sprach Klößchen hochgestochen, „die Observierung *(Beobachtung)* des Parkplatzes neben der Lammfleisch-Kantine. Besonders achte ich auf jenen schwarzen Mercedes, der häufig sein Kennzeichen wechselt. Ich nehme meine Aufgabe ernst, lasse mich durch keinerlei Düfte, die vielleicht durchs Küchenfenster entströmen, ablenken und bin das Verbindungsglied zwischen Pfote und Karl."

„Hervorragend!" lobte Tarzan. „Das ist die richtige Einstellung. Karl!"

Karl, der Computer, erklärte: „Ich beschlagnahme die Telefonzelle an der Ecke. Habe Blickverbindung mit Willi. Beobachte die Straße und nähere Umgebung. Bei außergewöhnlichen Vorkommnissen verständige ich dich", er meinte Tarzan, „telefonisch und unverzüglich. Oder ich komme mit dem Rad."

„An uns", lachte Tarzan, „hätte die Bundeswehr ihre Freude. Ist generalstabsmäßig, wie wir vorgehen."

„Vielleicht erzählst du bald, was du inzwischen machst!" fordert Gaby.

„Ich lauere an der Rückfront der Karsoff-Bulanski-Adresse. Ich warte ab, bis einer oder beide mit dem schwarzen Mercedes zum Korfu fahren. Dann pirsche ich zum Haus. Hinter den Büschen verwandele ich mich mit Trenchcoat und Hut in einen Erwachsenen. Die Maske, den abgeschnittenen Wollstrumpf, lege ich allerdings erst im letzten Moment an. Wenn Bulanski *und* Karsoff zum Korfu fahren, breche ich ins Haus ein, um am Telefon auf Karls Anruf zu warten. Da fällt mir ein, Karl! Hast du die Telefonnummer notiert?"

Karl tippte lächelnd an den Sitz seines Computer-Gehirns, den schmalen Schädel. „Ist gespeichert."

„Gut. Sollte nur Karsoff den Bungalow verlassen, bin ich noch vorsichtiger, damit Bulanski mich nicht sieht. Dann, Karl, mußt du mir besondere Vorkommnisse sofort per Rad melden."

„Entweder fernmündlich oder als radelnder Bote", nickte Karl.

„Wenn der schwarze Mercedes zurückkommt", fuhr Tarzan fort, „lauere ich hinter der Garage. Dann erfolgt der Überfall. Mit dem Tränengas mache ich einen oder beide unschädlich. Ich bringe Grünke Forschungsergebnisse an mich und türme. Und das Beste wird sein, daß die Halunken die Polizei nicht verständigen können."

„Sonst müßten sie ja sagen", ergänzte Klößchen, „ihnen ist die Beute geraubt worden, die sie mit Erpressung ergaunert haben. Hahahah!"

„Hoffentlich lachen wir auch morgen noch", sagte Gaby.

„Hast du Bedenken?" fragte Tarzan.

„Nein, aber es muß alles glatt gehen."

★

Spätabends bezog sich der Himmel mit Wolken. Es wurde eine finstere, mondlose Nacht.

Für Bernd Wacker und Hildegard Putz kam das gelegen. In der Dunkelheit fühlten sie sich sicherer.

Trotz seines Zustandes wollte Bernd Wacker nichts unversucht lassen. Der Einbruch bei Karsoff und Bulanski war beschlossene Sache.

Hildegard fügte sich. Seit Karsoff ihr die Nato-Papiere geraubt hatte, schwankte sie ständig zwischen Verzweiflung und Hoffnung. Und sie wußte: Bernds Plan war die letzte Möglichkeit, alles noch zum Guten zu wenden. Vorausgesetzt, daß der Einbruch gelang und die Nato-Papiere sich in dem Bungalow an der Breitenrieder Straße befanden.

Bernds Fieber war etwas gesunken. Aber er sah erbärmlich aus und bestimmt fühlte er sich auch so, obwohl er mit keinem Wort klagte. Schon beim Ankleiden hatte er mehrmals pausiert. Seine Hände zitterten, und er schwitzte.

Hildegard beobachtete ihn besorgt. „Meinst du, es geht?"

„Natürlich geht's!" fuhr er sie an. „Ich schaffe es."

Sie erwiderte nichts. Seine unbeherrschte Reaktion zeigte zu deutlich, daß er sich selbst nicht traute.

Er schob einen lederüberzogenen Totschläger in die Jakkentasche. In einem Etui hatte er Einbruchswerkzeuge: Nachschlüssel, Haken, Bohrer, Schraubenzieher, Glasschneider und Heftpflaster. Er nahm auch eine Taschenlampe mit.

Hildegard trug ein Kopftuch. Auf die schwarze Perücke verzichtete sie. Karsoff wußte ja ohnehin, wer sie war.

Sie verließen das Haus. Die Nacht war schwül. In der Ferne grummelte ein Gewitter.

Bernds Wagen stand in der Einfahrt. Hildegard glitt hinters Lenkrad. Bernd ächzte, als er auf den Nebensitz sank.

Während sie durch die menschenleeren Straßen fuhren, zog er eine kleine Cognacflasche hervor und trank ein paar Schlucke. Sicherlich fühlte er sich taumelig und matt. Ob da der Alkohol half?

Hildegards Besorgnis wuchs.

Die Stadt war wie ausgestorben. Nur ein Polizeiwagen begegnete ihnen. Das war kein gutes Omen *(Vorzeichen)*.

Bevor sie die Breitenrieder Straße erreichten, kurbelte Bernd das Fenster auf und warf die leere Flasche hinaus. Sie zerschellte am Bordstein.

Wahnsinn! dachte Hildegard. In seinem Zustand soviel Cognac. Das kann doch nicht gutgehen!

„Gleich", sagte er mit schwerer Zunge, „sind wir da."

„Ich weiß. Nr. 141. Und ich biege vorher in die Gasse. Fahre zur Rückseite des Grundstücks, und dort steigen wir über den Zaun."

„Richtig, Hildchen."

Sie fand die Gasse, bog ein, rollte zu dicht am Zaun und streifte die Büsche. Sie fuhren durch die Kurve. Als sie sich an der Rückfront von Nr. 141 befanden, stoppte sie. Die Scheinwerfer wurden ausgeschaltet, der Motor erstarb.

In der Stille knisterte Blech.

Bernd hantierte in der Dunkelheit. Etwas Schweres fiel ihm aus der Hand und polterte auf den Wagenboden.

Um ihm zu helfen, knipste Hildegard die Innenbeleuchtung an. Aber er hatte schon gefunden, was ihm entglitten war.

Entsetzt sah Hildegard auf die Pistole in seiner Hand.

„Licht aus! Du. . ." Er schimpfte.

In der Dunkelheit sagte sie: „Du. . . hast eine Schußwaffe. Aber du hast mir versichert, Gewalttätigkeit komme für dich nicht in Frage."

„Ich schieße bestimmt nicht. Mit dem Meuchelpuffer drohe ich nur. Oder glaubst du, unser Anblick genügt, um die beiden Halunken in die Knie zu zwingen? Damit du beruhigt bist, verrate ich dir: Der Ballermann ist gar nicht geladen."

Sie glaubte ihm nicht. Aber ändern konnte sie jetzt nichts mehr.

Sie stiegen aus. Hildegard schloß den Wagen ab. Beim Überklettern des Zaunes wollte sie Bernd helfen. Aber er wehrte ab. Sein Starrsinn rächte sich sofort. Er blieb mit dem Fuß zwischen zwei Latten hängen und stürzte der Länge nach in den Garten. Einen Moment blieb er liegen. Dann ließ er sich helfen. Allein wäre er wahrscheinlich nicht auf die Beine gekommen. Hildegard zog ihn hoch.

Sie tappten durch Sträucher und Büsche. Der hintere Teil des Gartens war wie ein Urwald.

Bernd taumelte. Bei jedem Schritt knickten die Knie ein. Sekundenlang hielt er sich an einem Birnbaum fest.

Wir sollten umkehren, dachte sie. Es ist sinnlos. Gleich bricht er zusammen.

Aber Bernd stolperte weiter.

Sie erreichten die Rückseite des Bungalows. Bernd stützte sich an die Mauer. Dann tappte er voran, umrundete die Hausecke und trat auf die Terrasse.

Der Bungalow war dunkel, nirgendwo Licht.

Bernd blieb stehen. Sie sah, wie er schwankte. Er gab einen ächzenden Laut von sich, kippte steif nach vorn, riß mit großem Getöse einen Gartenstuhl um und traf mit dem Kopf offenbar auf eine Blechgieskanne. Scheppernd schlitterte sie über die Steinplatten.

Hildegard erstarrte. Sie war wie gelähmt, konnte sich nicht rühren – auch dann noch nicht, als im Bungalow Licht aufflammte.

Zwei Gestalten in Pyjamas stürmten durch die Terrassentür. Karsoff hielt eine Pistole in der Hand.

„Keine Bewegung!"

Dann erkannte er sie. Das Licht aus dem Terrassenzimmer fiel auf ihr Gesicht.

„Mich laust der Affe! Die Putz! Und zur Salzsäule erstarrt. Und da liegt ja ihr Macker! Was fehlt denn unserem lieben Bernd?"

Bulanski, der ohne seine Perücke lächerlich aussah, beugte sich über den Reglosen.

„Der ist bewußtlos."

„Er. . . er. . . ist krank", stammelte Hildegard.

„Aber einen nächtlichen Besuch wollte er uns abstatten", sagte Karsoff hämisch. „Dazu ist er nicht zu krank."

„Er hat Pistole und Totschläger bei sich", informierte Bulanski, der Bernd bereits die Taschen filzte. „Die wollten ernst machen, Gregor."

„Das machen wir jetzt auch."

Er packte Hildegard und stieß sie ins Terrassenzimmer.

Bulanski schleifte den Bewußtlosen herein, wobei er nicht sehr zart mit ihm umging.

Karsoff schloß die Tür. Sie zogen die Vorhänge zu.

Bernd begann sich zu regen, schlug die Augen auf und blickte verstört. Die Wirkung des Alkohols war verflogen. Was blieb, war der Katzenjammer.

„Wir haben im Keller einen Hobbyraum", sagte Karsoff böse. „Der ist ganz komfortabel, vor allem aber ist er ausbruchsicher wie ein Gefängnis. Die Stahltür würdet ihr nicht mal mit Werkzeugen aufkriegen, und das einzige Fenster ist vergittert. Dort werdet ihr vorläufig eingesperrt. Was dann mit euch geschieht, überlegen wir uns noch. Aber erst wikkeln wir unser Geschäft ab. Und dazu wollen wir Ruhe haben. Klar?"

Bevor sie die beiden hinunter brachten, nahm Bulanski grinsend ein kitschiges Gemälde von der Wand. Dahinter befand sich ein Safe.

„Na, Fräulein Putz, was glauben Sie wohl, was da drin ist? Richtig, Sie ahnen es. Die. . . Nato-Papierchen! Aber morgen wechseln sie ihren Besitzer. Für eins-komma-zwei Millionen Mark! Wirklich zum Heulen, daß Ihnen das Geschäft entgeht, was? Aber so war es schon immer: Der Tüchtige siegt."

# 13. Karl und Klößchen als Straßenräuber

Am Samstag kroch Tarzan früh aus den Federn. Klößchen schlief noch, wälzte sich aber unruhig hin und her.

Der Himmel hatte sich bedeckt. Es war noch trocken, aber die Luft roch nach Regen. Tarzan duschte. Anschließend rieb er die geprellte Schulter mit einer Salbe ein. Nötig war das eigentlich nicht, denn er spürte kaum noch Schmerzen. Aber schaden würde es auch nicht. Und im Moment hatte er Zeit.

Er lief zum Speisesaal hinunter, wo am Wochenende die Mahlzeiten zwanglos verlaufen. Wer nicht daran teilnehmen will, kann wegbleiben. Er holte sich zwei Wurstsemmeln und eine Kanne Tee. Als er nach dem Frühstück wieder ins ADLERNEST kam, blinzelte Klößchen in das trübe Tageslicht.

„Schrecklich! Ich habe geträumt, es geht was schief – bei unserer Aktion."

„Ich gebe nichts auf Träume."

Aber der Traum hatte Klößchen beeindruckt. Den ganzen Morgen benahm er sich fummelig. Um sich zu beruhigen, fiel er über seinen Schokoladenvorrat her. Tarzan mußte ihn ermahnen.

„Hör endlich auf! Sonst wird dir schlecht! Aber wir brauchen jeden Mann. Wenn du mit Bauchschmerzen in der Ecke liegst, dann geht tatsächlich was schief."

„Ich bin so nervös", jammerte Klößchen. „So kenne ich mich gar nicht. Hoffentlich mache ich keinen Fehler."

„Himmel! Du sollst doch nur aufpassen, ob sich auf dem Parkplatz was Besonderes ereignet."

„Und was ist was Besonderes? Ist das immer so leicht zu erkennen?"

„Na, wenn zum Beispiel der schwarze Mercedes geklaut

wird. Dann würden die Ereignisse vielleicht anders verlaufen, als wir jetzt denken."

Da die Zeit noch nicht drängte, setzte Klößchen sich mit Papier und Bleistift an den Tisch. Er schrieb auf, was er für meldenswerte Besonderheiten hielt, die sich eventuell ereignen könnten.

Unter anderem vermerkte er: Feuer im Korfu; Flugzeugabsturz in der Nähe; Polizeieinsatz wegen Terroristen und Erdbeben wie in Griechenland.

„Da es sich um ein griechisches Lokal handelt", überlegte er laut, „wäre das immerhin möglich."

„Vielleicht passiert auch alles zusammen", meinte Tarzan ironisch. „Aber deinetwegen hätte ich keine Sorge. Du wärst noch lange nicht überfordert, nicht wahr?"

Kurz nach elf holten sie ihre Tretmühlen und fuhren stadtwärts. Tarzan hatte seinen Campingbeutel auf dem Gepäckträger befestigt. Ein Trenchcoat, ein alter Filzhut, den er von Karl hatte, die vorbereitete Strumpfmaske und der Tränengasspray befanden sich darin.

Am Marktplatz trafen sie mit Gaby und Karl zusammen.

Oskar war mit von der Partie und zeigte überschäumende Freude hinten und vorn, nämlich leckend und schweifwedelnd.

Tarzan streichelte ihn, hatte aber nur Augen für Gaby.

„Also, wirklich, Pfote! Du bist eine Augenweide! Wenn ich Kellner im Korfu wäre, dürfest du umsonst speisen."

Das rutschte ihm raus, ohne daß er sich die Wirkung überlegte. Erst die Blitzlichter in Gabys Augen brachten ihn auf den Boden der Wirklichkeit zurück.

„Gefalle ich dir also?" erkundigte sie sich kokett.

„Eh. . . ich meine, du hast dich. . . recht nett zurecht gemacht."

„Und ich bin eine Augenweide?" Sie ließ nicht locker.

„Für griechische Kellner bestimmt. Die mögen blonde Mädchen."

Dann wandte er sich Oskar zu, spürte er doch, wie ihm wieder diese verflixte Röte ins Gesicht stieg.

Tarzans Begeisterung war berechtigt. Gaby sah entzükkend aus. Sie trug einen weißen Hosenanzug, aber nicht Jeans, sondern feiner, dazu eine blaue Bluse und eine Kette mit Anhänger: echt Modeschmuck. Das lange Goldhaar hatte sie mit Kämmchen hinter die Ohren zurückgesteckt. Eine kleine Ledertasche, auch in Blau, hing ihr über der Schulter.

Das längste Stück des Weges fuhren die TKKG-Freunde zusammen. Das Korfu lag im selben Stadtviertel wie die Breitenrieder Straße. Zu Fuß ging man vom Restaurant bis zum Haus der Spione etwa 20 Minuten.

Am Schüsselring-Weg machten sie Halt. Klößchens Aufregung hatte sich glücklicherweise gelegt. Gaby fragte Tarzan, ob er nervös wäre – denn was er vorhatte, war keine Kleinigkeit. Aber er verneinte mannhaft und bemühte sich, ganz der Fels in der Brandung zu sein.

Hier trennten sich ihre Wege. Gaby, Karl und Klößchen radelten zum Korfu, Tarzan lenkte sein Rennrad in Richtung Breitenrieder Straße.

Wenig später rollte er durch die Gasse, wo er gestern mit Stanislaus und der spendablen Dame zu tun gehabt hatte. Dann war er hinter dem Garten von Nr. 141.

Ein weißer VW parkte. Am Ende der Gasse entfernte sich ein alter Mann mit seinem Handwagen. Ringsum herrschte Stille. Wind hatte sich aufgemacht. Er bewegte die Blätter in den Gärten. Am Himmel trieben Wolken. Das Mittagsläuten von einem Kirchturm klang wie in Watte gepackt.

Tarzan stellte sein Rad ab, kettete es mit dem Kabelschloß an einen Zaunpfosten und vergewisserte sich, daß er unbeobachtet war. Er nahm seinen Campingbeutel unter den Arm und flankte hinüber. Vorsichtig pirschte er durch die Sträucher. Er fand eine Stelle, wo er von allen Seiten ungesehen war, hockte sich hinter einen Busch und äugte zum Haus.

Die Terrassentür war geöffnet. Der schwarze Mercedes stand vor der Garage.

Eine Weile verging. Dann kam ein feister, blonder Kerl auf die Terrasse und blickte prüfend zum Himmel.

Das also war Bulanski. Zum Abschießen, dachte Tarzan.

Der Spion verschwand. Die Terrassentür wurde geschlossen. Wenig später traten Karsoff und sein Komplice aus dem Haus, gingen zur Garage und stiegen in den Wagen. Als sie abfuhren, schlich Tarzan zur Rückfront.

Daß er einbrechen mußte, widerstrebte ihm. Sicherlich – er wollte möglichst wenig Schaden anrichten. Außerdem mußte es sein, um Grünke zu helfen. Er tat es also für eine gute Sache. Doch grundsätzlich sollte man auch dann legale *(gesetzmäßige)* Mittel anwenden. Einbruch – auch bei Spionen – gehörte nicht dazu. Aber in diesem Fall hatte er keine Wahl. Denn die Verbindung zu seinen Freunden beim Korfu mußte hergestellt werden.

Vorsichtig pirschte er an der Hauswand entlang.

„. . . weiß dieses Lumpenpack genau, daß wir nicht um Hilfe rufen können", zischelte eine Frauenstimme.

Wie angewurzelt blieb Tarzan stehen.

Die Stimme schien aus dem Erdboden zu kommen, jedenfalls von unten. Aus dem Fensterschacht?

Ein Gitter deckte ihn ab. Tarzan legte sich auf den Boden und robbte näher. Unten im Schacht klirrte Metall. Entfernt, im Kellerraum, sagte ein Mann was. Es klang weinerlich, war aber nicht zu verstehen.

Tarzan riskierte einen Blick.

Das Kellerfenster war geöffnet, aber durch ein massives Gitter versperrt. Dahinter stand – er traute seinen Augen nicht – Hildegard Putz.

Sehnsüchtig blickte sie zum Himmel hinauf.

„Ich werde noch wahnsinnig, Bernd", sagte sie leise. „Eingesperrt wie Tiere. Wie Verbrecher. Ich will hier raus. Länger halte ich das nicht aus!"

„Wenn du noch lauter schreist“, jetzt war der Mann zu verstehen, „werden wir nicht nur für kurze Zeit eingesperrt sein, sondern – auf Staatskosten – für viele, lange Jahre.“

Tarzan robbte zurück.

Das haute ja den stärksten Eskimo vom Schlitten. Die Putz und ihr Komplice, wer sonst?, eingesperrt bei Karsoff und Bulanski! Dann hatten die also geschafft, was ihnen zunächst bei dem Autoaufbruch an der Autobahn mißlungen war. Und wenn sie die Putz in ihrer Gewalt hatten, dann war auch glasklar, wer jetzt die Nato-Papiere besaß.

Und die fotokopierte Seite 41 aus dem toten Briefkasten auf Elfriede Händels Grab – das, klar!, das war brandheißes Material gewesen!

Hier bin ich richtig! dachte er. Jetzt ist auch mein Einbruch gerechtfertigt.

Mit dem Ellbogen drückte er die Scheibe des Klo-Fensters ein.

Daß das saubere Pärchen im Kellerverlies ihn hörte, war ohne Belang. Systematisch begann er mit der Durchsuchung des Hauses. Schon nach kurzer Zeit hatte er den Wandsafe entdeckt. Aber öffnen konnte er ihn nicht.

★

Unter den – ausnahmslos jungen – Kellnern des Korfu wäre beinahe eine Prügelei entstanden. Jeder wollte das hübsche blonde Mädchen in seinem Revier haben. Dafür nahmen sie sogar den vierbeinigen Begleiter in Kauf, von dem – außer einem Zähnefletschen – nichts zu erwarten war. Freilich – Oskar benahm sich wie immer gesittet und setzte sich unter den kleinen Tisch, den man Gaby schließlich anwies.

Er war günstig. Von hier konnte sie das Lokal überblicken. Es war gemütlich und im Stil einer griechischen Fischerhütte eingerichtet. Aus versteckten Lautsprechern drang Sirtaki-Musik *(griechischer Volkstanz)*. Ein schwarzlockiger Kellner empfahl gebackenen Tintenfisch, und Gaby war einverstanden. Wenn die Umstände es zuließen, wollte sie auch den griechischen Joghurt mit Honig und Walnüssen probieren.

Als Grünke kam, war sie mit ihrem Hauptgericht beinahe fertig. Daß sie trotz der Aufregung essen konnte, wunderte sie.

Grünke bemerkte sie, verriet sich aber mit keinem Wimpernzucken. Er landete an einem etwas entfernten Tisch. Seinen braunen Aktenkoffer stellte er neben sich auf den Stuhl.

Gaby aß gerade eine schwarze Olive, als draußen ein – ebenfalls schwarzer – Mercedes vorbei und auf den Parkplatz fuhr.

Der blonde Kerl am Lenkrad blieb sitzen. Der andere kam herein und trat zu Grünke an den Tisch.

Aufmerksam beobachtete Gaby, wie frostig die beiden sich behandelten.

Karsoff – er mußte es sein! – hatte Platz genommen.

Grünke schob ihm den Aktenkoffer hin, Karsoff prüfte das Material. Sehr sachverständig, offenbar.

Beide bestellten, als der Kellner nach den Wünschen fragte. Aber Karsoff erhielt dann nur einen Schoppen Wein. Immer noch blätterte er in Grünkes Forschungsergebnissen.

Voller Mitleid sah Gaby, wie der Chemiker sich grämte, wie er immer blasser wurde und kaum noch ertragen konnte, daß der widerliche Kerl, der Erpresser, seine Nase in das Projekt V steckte.

Plötzlich wurde die dezente Sirtaki-Musik übertönt. Von dem Jaulen einer Drehorgel.

Da war er wieder, der Leierkastenmann mit seinem Äffchen.

Vor dem Korfu, am Rande des Parkplatzes, hatte er sich aufgestellt. Ob ihm das was einbringen würde, blieb fraglich. Im Augenblick jedenfalls war Klößchen sein einziger Zuhörer. Aber der dachte nicht daran, Geld zu opfern.

Während Gaby ihr Mahl beendete, trat Karl immer noch von einem Bein aufs andere.

Die Telefonzelle, sein Standort, befand sich ein ganzes Stück entfernt. Erst war er dort nur rumgestanden, ohne sich zu wundern, daß niemand zum Telefonieren hineinging. Eben hatte er entdeckt, weshalb die Telefonzelle so wenig gefragt war. Rowdys hatten den Apparat zerstört und das Kabel zerschnitten.

Außer Betrieb. Eine Panne! Tarzan lauerte in Nr. 141 am Telefon, ohne zu ahnen, daß man ihn von hier aus nicht anrufen konnte.

Naja, dachte Karl. Wenn nichts Besonderes vorkommt, erübrigt sich das Ferngespräch sowieso. Liegt aber doch was an, dann hat auch das Korfu ein Telefon. Am besten, ich gehe gleich dorthin. Das tat er.

Bald standen dann zwei in der Nähe des Leierkastenmanns, und Karl erklärte Klößchen, weshalb er seine Position *(Stützpunkt)* verlassen hatte.

„Der Affe langweilt sich", sagte Klößchen. „Und mir geht's genau so. Weshalb habe ich mich aufgeregt? Kein Erdbeben, kein Flugzeugabsturz. Hier passiert reinweg nichts."

„Pst! Er kommt."

Karsoff verließ in diesem Moment das Korfu, und die beiden Jungs zogen sich in die hintere Ecke des Parkplatzes zurück, wo auch die Drahtesel standen.

Karsoff hielt einen braunen Aktenkoffer an der Hand. Sein Finstergesicht drückte eitel Freude aus. Er schritt beschwingt. Die gelungene Erpressung schien ihm das Herz zu öffnen – und den Geldbeutel, denn er strebte auf den Leierkastenmann zu.

„Jetzt gibt er ihm fünf Mark", prophezeite Klößchen. „Er hat's ja, denkt er. Ab jetzt ist er reich."

Was dann geschah, verschlug Klößchen, Karl, Gaby und Grünke – allen also, die Karsoff gebannt mit den Augen verfolgten – die Sprache.

Karsoff trat zu dem Leierkastenmann. Doch statt ihm Geld zu geben, händigte er ihm den braunen Aktenkoffer aus, den der große rotbefrackte, gebräunte Kerl blitzartig unter seine Drehorgel schob.

Karsoff sprang in den schwarzen Mercedes, der sofort abfuhr.

Der Leierkastenmann hörte mitten zwischen zwei Tönen auf, faßte sein Drehorgelwägelchen am Griff und schob ab in Richtung Innenstadt.

„Der. . . der. . .“, stotterte Klößchen, „gehört dazu.“

Karl riß sich die Brille von der Nase, polierte die Gläser und setzte sie wieder auf.

Immer noch fassungslos, sahen beide dem Leierkastenmann nach.

Gar nicht damenhaft, sondern aufgelöst, stürmte Gaby aus dem Restaurant. Sie zerrte Oskar, der gepennt hatte und so rasch nicht munter wurde, und war noch damit beschäftigt, Wechselgeld in ihr Portemonnaie zu stopfen. Daß die halbe Nachspeise auf dem Teller zurückblieb, war in diesem Fall unwichtig.

„Habt ihr's gesehen“, keuchte sie. „'türlich habt ihr's gesehen. Ihr glotzt ja wie Mondkälber. Wenn wir jetzt Tarzan verständigen, ist alles zu spät. Wahrscheinlich hat der Kerl irgendwo einen Kombiwagen, in den er sein Orchester und seinen Zoo gleich verlädt. Wir müssen rasch handeln, Jungs! Ich habe eine Idee, und ich verlasse mich auf euch.“

Sie erläuterte ihr Vorhaben.

Klößchen stöhnte. Und ich, dachte er, habe eben noch genörgelt, daß ich mich langweile.

Karl sagte: „Gut, ich mach's. Wenn ich dabei umkomme, legt mir bitte weiße Rosen aufs Grab. Und als Abschiedsständchen wünsche ich mir. . .“

„Nicht reden, handeln!“ wurde er von Gaby unterbrochen. „Willi, du weißt Bescheid?“

Klößchen nickte. Antworten konnte er nicht. Sein Mund

war wie ausgetrocknet. Und nicht eine einzige Tafel Schokolade hatte er bei sich!

Karl stieg auf sein Rad, drückte die Bügel der Nickelbrille fest auf die Ohren und fuhr ab.

Klößchen folgte ihm langsam.

Der Leierkastenmann hatte etwa 100 Meter Vorsprung.

Das Äffchen turnte anfangs auf der Drehorgel herum. Jetzt saß es still und fingerte an seinem grünen Hütchen. Vielleicht suchte es dort einen Anstecker oder eine Feder.

Daß es ein gut dressiertes, sehr folgsames Äffchen war, wußten die Kinder. Es war weder angeleint, noch angekettet, sondern bewegte sich frei.

Darauf beruhte Gabys Plan.

Karl näherte sich dem Leierkastenmann von hinten, fuhr dicht am Bordstein und hatte das Drehorgelgespann fast erreicht.

Er hatte furchtbaren Schiß, versuchte aber, nicht daran zu denken.

Jetzt überholte er den Kerl, fast daß er ihn berührte.

Jetzt war er neben der Drehorgel.

Eine Hand hielt den Lenker. Mit der anderen griff er blitzartig zu, packte das Äffchen, preßte es an sich und fetzte los, daß die Reifen staubten.

Das Äffchen kreischte. Es wehrte sich. Durch den Ärmel biß es ihm in den Arm. Der Schmerz zuckte hoch bis zur Schulter. Fast wäre Karl vom Rad gestürzt. Aber er fing sich und faßte den beißenden, kreischenden, kratzenden Kobold noch fester.

Hinter ihm brüllte der Leierkastenmann. Er hatte eine Stimme wie ein Stier. Was er brüllte, verstand Karl nicht. Es war ihm auch schnuppe.

Der freche Straßenraub hatte den Kerl überrascht. Für einen Moment war er zu verdattert, um zu reagieren. Dann tat er genau das, was Gaby vorhergesagt hatte.

Einem Impuls folgend, ließ er seine Drehorgel im Stich

und rannte – brüllend, Fäuste schwingend – dem Affendieb nach.

Das was Klößchens großer Augenblick.

Als gelte es, ein Schokoladenlager zu stürmen, jagte er auf die Drehorgel zu – fast daß er sie umstieß. Hastig grapschte er unter das Musikinstrument. Da war der braune Aktenkoffer. Er zerrte ihn hervor, machte kehrt und gab seinem Drahtesel abermals die Sporen. Er bog auf den Parkplatz und warf Gaby den Aktenkoffer zu.

Sie fing ihn auf und rannte zu Grünke, der bereits in seinem Wagen saß. Der Motor lief. Gabys Klapprad lag im Kofferraum. Oskar tobte begeistert – weil er an eine Spazierfahrt glaubte – auf dem Rücksitz herum.

„Es ist geglückt", jubelte sie und glitt auf den Nebensitz.-

Grünkes Hände zitterten, als er den Wagen vom Parkplatz lenkte. Natürlich nicht in die Richtung, wo der Leierkastenmann immer noch den Affendieb verfolgte, sondern entgegengesetzt, wohin auch Klößchen radelte, kerzengerade und mit stolzgeschwellter Brust.

Inzwischen hatte Karl sich des Äffchens entledigt, es einfach über einen Zaun in ein Blumenbeet gesetzt. Dort sprang es umher und riß wütend die Blüten ab.

Karl blickte zurück. Der Leierkastenmann nahte. Klößchen war auf dem Rückweg. Mit Aktenkoffer.

Geschafft!

Ohne übertriebene Eile fuhr er weiter und verschwand in einer Nebenstraße.

Fluchend holte der Leierkastenmann sein Äffchen aus dem Garten. Fluchend ging er zurück. Erst bei seiner Drehorgel überkam ihn die Erleuchtung.

Der nächste Fluch blieb ihm im Hals stecken.

★

Verdammt!

Durch die Gardine beobachtete Tarzan, wie der schwarze

Mercedes in die Garage rollte. Da waren sie ja schon! Und schneller als erwartet.

Er hatte seinen Plan etwas geändert. Nicht in der Garage, sondern hier wollte er die beiden ausschalten.

Er trug jetzt seinen Trenchcoat – mit hochgeklapptem Kragen, hatte sich die Strumpfmaske über den Kopf gestreift und den Hut auf die Locken gedrückt. Im Garderobenspiegel hatte er sich durch die Sehschlitze gemustert. Das Ergebnis stimmte ihn zufrieden. Er sah nicht wie ein jugendlicher, sondern wie ein erwachsener Räuber aus.

Der Tränengasspray steckte in der Manteltasche.

Jetzt kamen die beiden aus der Garage. Aber ihre Hände waren leer.

Er schluckte. Zum Henker! Wo waren Grünkes Unterlagen? Sowas läßt man doch nicht im Wagen zurück!

Wieder änderte er seinen Plan. Jetzt ging es um Informationen. Vielleicht erfuhr er was, wenn er lauschte.

In der Diele wurde eine geräumige Nische von einem bodenlangen Vorhang abgeteilt. Eine Klappleiter stand dort, eine Golftasche mit Schlägern, ein Spazierstock und allerlei Krimskrams. Für Tarzan war noch Platz. Er sorgte dafür, daß der Vorhang sich nicht mehr bewegte, und hielt den Atem an. Sie kamen.

„. . . sind Grünkes Unterlagen bei Helmut am sichersten", sagte Karsoff, als er in die Diele trat. „Eigentlich genial, was! Niemand würde in einem Leierkastenmann den Chef einer Spionagegruppe vermuten, hahah! Und Helmut hat nun mal die besten Kontakte zu anderen Großunternehmen der Pharmazie."

Der Leierkastenmann? dachte Tarzan verdutzt. So also ist das! Und ich habe mich doch nicht getäuscht! Angeglotzt hat er mich, als wollte er mich rösten. Klar, weil er mich aufgrund von Karsoffs Beschreibung erkannte. Stimmt! Auf der Autobahnfahrt hatte ich sogar die gleichen Klamotten an wie gestern, als wir zu Grünkes fuhren.

„Jaja", sagte der andere, Bulanski also, „alles läuft prima."

Er ging in die Küche und holte was aus dem Eisschrank. Karsoff schlurfte ins Terrassenzimmer.

Aufs Klo mußte keiner. Das zerbrochene Fenster blieb unentdeckt.

Wenn der Leierkastenmann Grünkes Unterlagen hat, dachte Tarzan, ist für uns nichts verloren. Den kennen wir. Dem werden wir auf den Pelz rücken.

„Die Hensch muß gleich kommen", rief Bulanski aus der Küche.

„Mit einem Koffer voll Geld", antwortete Karsoff.

„Das ist das Material aber auch wert."

„Ich muß es mir nochmal ansehen. Nur einmal im Leben gerät einem sowas in die Finger."

Tarzan hörte ein Knirschen und metallischen Klang. Karsoff öffnete den Wandsafe.

In der Küche knallte ein Sektpfropfen. Bulanski begoß den Erfolg.

„Mir auch ein Glas!" rief Karsoff.

Mit Flasche und Gläsern zog sein Komplice ins Terrassenzimmer. Sie becherten und raschelten mit Papier. Gesagt wurde nichts mehr.

Tarzan überlegte. Sollte er gleich loslegen oder warten, bis besagte Hensch eintraf? War das die spendable Dame, von der er den Hunderter hatte?

Auf der Straße quietschten Reifen. Ein Wagen hielt. Im nächsten Moment wurde Sturm geklingelt an der Tür.

„Mensch!" sagte Karsoff, der offenbar durchs Fenster gespäht hatte. „Das ist Helmut. Verflucht und zugenäht! Da ist was schiefgegangen."

Er öffnete. Schwere Schritte polterten herein.

„Helmut, was ist los? Wieso kommst du hierher?"

Tarzan spähte durch einen fingerbreiten Spalt.

Der Leierkastenmann trug jetzt keinen Zylinder. Wut verzerrte sein Gesicht. Er konnte kaum reden.

„Sie haben mir. . . haben mir", japste er, „Grünkes Aktenkoffer geklaut. Mit 'nem Trick! Diese Hunde! Dieses geldgierige Pack!"

„Was?" schrie Karsoff.

„Wer hat dich beklaut?" jaulte Bulanski.

„Wer wohl? Die Konkurrenz, natürlich! Keine Ahnung, wer dahinter steckt. Aber das werden wir rauskriegen. Also hat Grünke sich nicht getäuscht. Noch andere sind hinter ihm her. Und die scheuen sich nicht, junges Gemüse einzusetzen."

„Gemüse?" fragte Bulanski.

„Kinder! Jugendliche! Das heißt, da war nur einer. So'n langer, dünner Schnösel auf seinem Fahrrad. Eigentlich habe ich ihn nur von hinten gesehen. Aber ich glaube, er trägt 'ne Brille. Er war zwar schon vorher da – beim Korfu, aber da habe ich nicht auf ihn geachtet. Wer denkt denn auch an sowas. Dieser Bursche hat Fridolin im Vorbeifahren mitgenommen und dadurch mich von der Musikkiste weggelockt. Als ich zurückkam, war der Aktenkoffer verschwunden."

Er holte tief Luft und erzählte.

Ein Stein fiel Tarzan vom Herzen, hatte er doch bei Helmuts ersten Worten geglaubt, jetzt wäre wirklich was schiefgelaufen. Aber Hut ab vor seinen Freunden!

Tarzan lächelte. Im nächsten Moment lächelte er nicht mehr. Denn hinter ihm fiel die Klappleiter um. Es polterte fürchterlich. Nur Sekunden vergingen. Dann wurde der Vorhang beiseite gerissen.

Es war Helmut, der Leierkastenmann!

Tarzan sprühte ihm eine Ladung Tränengas ins Gesicht.

Der Kerl brüllte auf, taumelte zurück und griff sich an die Augen.

Tarzan stieß ihn beiseite. Karsoff, der am nächsten stand, wurde ausgeschaltet. Nach derselben Methode. Bulanski hatte den Mund aufgerissen und schien erstarrt zu sein. Dann griff er unter seine Jacke. Zur Pistole?

Tarzan sprühte auch ihn an. Gleichzeitig trat er ihn vors Schienbein, und der feiste Spion stürzte schreiend zu Boden.

Dann mußte Tarzan fluchtartig die Diele verlassen, um sich nicht selbst zu benebeln. Tränengasschwaden schwebten im Raum.

Während die drei keuchend, blind und fast ohnmächtig umhertorkelten, rief Tarzan bei Kommissar Glockner an. Er war zu Hause und meldete sich.

„Ich bin's", sagte Tarzan. „Bitte, kommen Sie rasch zur Breitenrieder Straße 141. Ich halte hier drei gefährliche Spione fest. Außerdem ist Hildegard Putz – ja, die gesuchte Nato-Spionin – im Keller eingesperrt. Samt noch einem, der vermutlich ihr Komplice ist. Bis gleich!"

Er legte auf, ging in die Diele und prüfte die Luft. Für ihn war es nicht mehr gefährlich. Er holte den Spazierstock hinter dem Vorhang hervor. Unter wüsten Drohungen trieb er die drei in den Keller. An der Stahltür, hinter der die Putz und ihr Komplice eingesperrt waren, steckte der Schlüssel. Tarzan öffnete und stieß das benommene Trio hinein.

Die Frau und ihr Mittäter preßten sich an die gegenüberliegende Wand und brachten kein Wort hervor.

Tarzan hatte seine Maske abgenommen. Hildegard erkannte ihn.

„Ich bin nicht gekommen, um Sie zu befreien", sagte er, „obwohl es mir leid tut um Sie. Was Sie getan haben, müssen Sie jetzt verantworten."

Er verschloß die Tür. Im Terrassenzimmer lagen Stöße von Dokumenten, Plänen und Akten auf dem Tisch: die Nato-Papiere.

Es klingelte.

Er öffnete. Verblüfft sah ihn die Frau an. Es war die, von der er den Hunderter hatte.

„Kommen Sie herein, Frau Hensch", sagte er. „Die Polizei ist jeden Moment hier. Die andern sind schon aufgeflogen und im Keller eingesperrt. Ich muß Sie höflich bitten, sich dazu zu gesellen. Den Geldkoffer können Sie mir solange überlassen. Und bitte leisten Sie keinen Widerstand! Es widerstrebt mir, eine so nette und großzügige Dame in den Schwitzkasten zu nehmen – auch wenn es sich vermutlich um eine Spionin handelt."

Sie war wie vor den Kopf gehämmert, begriff nichts und ließ sich, als hätte sie keinen eigenen Willen, in den Keller führen, wo er sie zu den andern sperrte.

Dann traf Kommissar Glockner ein. Er brachte drei Kollegen mit. Sprachlos hörten sie sich an, was Tarzan berichtete. So gut es ging, klammerte er Grünke aus.

Plötzlich verdunkelte ein Schatten das Terrassenfenster. Erstaunt blickten alle den Mann an, der dort stand und seine Pistole auf die Versammelten richtete. Mit herrischer Geste bedeutete er, ihm die Terrassentür zu öffnen.

Es war Stanislaus. Seine Nase sah aus wie eine Kreuzung zwischen Tomate und Kartoffel.

„Der hat noch nicht geschnallt, was hier läuft", sagte Tarzan leise. „Sicherlich hält er uns alle für Spione."

Glockner öffnete die Terrassentür.

Stanislaus trat über die Schwelle.

„Die Nato-Papiere? Aha! Und soviele Interessenten. Aber da habt ihr euch geschnitten, Brüder! Das Material kriege ich. Zum Null-Tarif!" Er runzelte die Stirn. „Wo sind Karsoff und Bulanski?"

„Auf dem Weg in die Untersuchungshaft", sagte Glockner und schlug ihm die Pistole aus der Hand, ehe er begriff, worum es ging.

Stanislaus leistete Widerstand, wurde aber sofort überwältigt.

Als das Telefon klingelte, stand Tarzan am nächsten. Er nahm den Hörer ans Ohr.

„Ja?"

„Das klingt nach dir", sagte Gaby.

„Hast ein feines Ohr."

„Wir sind bei Grünkes. Und haben die Forschungsergebnisse. Aber das erfährst du noch in Einzelheiten. Wie ist es bei dir? Sind die beiden Kerle noch nicht da?"

„Doch. Aber ihnen geht's nicht besonders. Übrigens – dein Papi steht neben mir. Willst du ihn sprechen?"

★

Was die TKKG-Bande geleistet hatte, davon waren in den nächsten Tagen die Zeitungen voll.

Bei den Verhören packten die Spione aus. Sie nannten Namen von Verbindungsleuten. Ganze Spionageringe konnten ausgehoben werden.

Stanislaus Cojarczik besaß immerhin soviel Anstand, auf den hilflosen Max Wunderlich zu verweisen. Der rosige Spion wurde aus seiner Feldscheune befreit, auch ihm später der Prozeß gemacht. Alle erhielten hohe Gefängnisstrafen. Nur bei Hildegard Putz wurde als mildernd berücksichtigt, daß Bernd Wacker sie angestiftet und ausgenutzt hatte. Aber viel nahm das nicht von ihrer Schuld.

Bei den Grünkes stellte ein gütiges Schicksal die Weichen. Seine Selbstanzeige brachte die erhoffte Strafmilderung. Er wurde nur zu einer Geldstrafe verurteilt, konnte sogar bei seiner Firma bleiben, nahm nebenbei das Chemie-Studium wieder auf und legte schließlich – in reifem Alter – das Examen mit Auszeichnung ab.

In Karsoffs Notizbuch fand man die Adresse von Kroll und Prassel. Peinliche Verhöre mußten die beiden über sich ergehen lassen. Zwar lag nichts Greifbares gegen sie vor. Aber sie wußten jetzt, daß die Polizei sie im Auge behielt. Künftighin wagten sie nicht mehr, sich als mietbare Schläger zu verdingen.

Im Rahmen einer Feierstunde wurde den TKKG-Freunden von einem hohen Nato-Beamten eine Belohnung überreicht.

Bei der anschließenden Feier im Kreise aller Freunde meinte Klößchen: „Und alles fing damit an, Tarzan, daß du dir die

Schulter geprellt hast. Wenn jedesmal sowas dabei herauskommt, kann man Sportunfälle nur empfehlen. Mal sehen, wie das bei mir wird."

„Wieso?" fragte Gaby. „Willst du neuerdings Sport treiben?"

„Ich habe meine Teilnahme am Schokoladenesser-Wettbewerb zugesagt. Wahrscheinlich werde ich mir ein Stück Zunge abbeißen. Aber ich wette", seufzte er, „gerade dann ist weit und breit keine Spionin."

- Ende -

Noch ein Tip: Mit der ISBN-Nummer kann jeder Buchverkäufer das gewünschte Buch direkt für Dich bestellen, wenn er es nicht am Lager hat.

*Liebe Stefan-Wolf-Freunde!*

War spannend, nicht wahr? Diese Geschichte unserer vier Freunde vom TKKG und ihren mutigen Abenteuern hat Euch sicher gefallen. Von Stefan Wolf gibt es aber noch mehr Bücher über die vier Freunde, jeder Band ein packendes Abenteuer von Tarzan, Klößchen, Karl und Gaby. Und Oskar ist natürlich auch immer dabei, denn der lustige und treue Cocker-Spaniel gehört genauso zu dieser verschworenen Gemeinschaft. TKKG nennen sie sich nach den Anfangsbuchstaben ihrer Vornamen. Sie halten zusammen wie Pech und Schwefel, sie sind immer fröhlich, und Kameradschaft ist für sie selbstverständlich. Kennt Ihr auch die anderen Stefan-Wolf-Bücher schon – jedesmal ein neuer „Fall für TKKG" mit vielen hübschen Zeichnungen Eurer Lieblinge und ihrer Abenteuer?

**Die Jagd nach den Millionendieben**
Eigentlich wollen Tarzan, Gaby und Karl nur mal abends übers Volksfest bummeln, aber aus dem kleinen Ausflug wird ein großes Abenteuer. Zufällig beobachtet Tarzan, wie die schon lange gesuchten Millionendiebe aus einer Villa wertvolle Gemälde stehlen. Unsere vier Freunde vom TKKG, denn natürlich gehört auch Klößchen dazu, wollen die Bande ganz allein entlarven. Welche Rolle spielt der seltsame Bruder des unsympathischen Zeichenlehrers Pauling? Haben die Rocker etwas mit den Einbrüchen zu tun? Was tut sich in der feudalen Villa von Klößchens Eltern, wo der Chauffeur niedergeschlagen wird und das Luxusauto verschwindet? Lauter merkwürdige Dinge geschehen, die sich nicht zusammenreimen. Nichts kann unsere vier Freunde von der waghalsigen Gangsterjagd abhalten, die mit einer handfesten Überraschung endet.

**Der blinde Hellseher**
Tarzans Schulfreund Volker Krause war schon immer etwas scheu und zurückhaltend. Seine Freunde werden nicht recht schlau aus ihm. Eines Tages kommt Volker nicht zur Schule: Verbrecher haben ihn entführt und fordern hohes Lösegeld von seinen Eltern. Die Krauses sind sehr reich, und Volkers Mutter gilt als etwas übergeschnappt. Sie glaubt an überirdische Erscheinungen und läßt sich von dem blinden Hellseher Raimondo seltsame Botschaften aus dem Jenseits übermitteln. Unsere vier Freunde vom TKKG trauen diesem Raimondo nicht. Hat er den armen Volker entführt? Oder war es Mario, der ein italienisches Restaurant betreibt und sich recht verdächtig benimmt? Tarzan, Klößchen, Karl und Gaby suchen ihren Schulfreund auf eigene Faust. Natürlich hilft auch Oskar kräftig mit, Gabys treuer Cocker-Spaniel. Die Kinder geraten von einer gefährlichen Situation in die andere, und der verzwickte Fall wird immer geheimnisvoller und unheimlicher.

**Das leere Grab im Moor**

Tarzan liegt in seinem Bett in der Internatsschule. Er kann nicht einschlafen und schaut hinaus in den Nachthimmel. Da sieht er einen Stern, der sich rasch bewegt. Eine Sternschnuppe, denkt Tarzan. Nein! Plötzlich steht ein Feuerball am Himmel, der Knall einer Explosion dringt bis in Tarzans Schlafraum. Am nächsten Morgen erfährt er, daß ein kleines Flugzeug in das Moor vor der Stadt gestürzt war. Die Maschine gehörte einem Ölscheich, an Bord war eine Kiste mit Gold und Edelsteinen. Sie ist spurlos verschwunden, im Moor finden sich nur noch die Trümmer des Flugzeugs. Eine fieberhafte Suche nach der wertvollen Kiste beginnt. Auch unsere Freunde vom TKKG durchstöbern das Moor, und sie stoßen auf merkwürdige Gestalten – auf den Kioskbesitzer Funke, der Alkohol an Jugendliche verkauft, und auf den Penner Stulla. Was haben sie mit dem verschwundenen Schatz zu tun? Was Tarzan und seine Freunde erleben, als sie die Ganoven heimlich beobachten und gar noch Oskar verschwindet, Gabys treuer Cocker-Spaniel, das ist eine wirklich atemberaubende Geschichte bis zur letzten Zeile.

**Das Paket mit dem Totenkopf**

Als Tarzan an einem bitterkalten Winternachmittag im Stadtpark dem alten Oberst Grewe zu Hilfe kommt, der von zwei gemeinen Räubern überfallen wird, ahnt er nicht, daß dies der Anfang eines gefährlichen Abenteuers werden sollte. Tarzan findet einen Lederbeutel mit einem Fixer-Besteck, wie Rauschgiftsüchtige es benutzen. Langsam beginnt das Rätsel sich zu lösen, als die vier Freunde vom TKKG am Hauptbahnhof ihren Schulfreund Detlef Egge mit Boxernase beobachten, einem richtigen Gangster, der ein geheimnisvolles Paket mit einem Totenkopf im Schließfach versteckt. Das wird ein echter Fall für TKKG, denn sie sind einer skrupellosen Bande von Rauschgifthändlern und Erpressern auf der Spur, die vor keinem Verbrechen zurückschreckt und Jugendliche ins Elend stößt. Ein Abenteuer jagt das andere, bis Tarzan und seine Freunde in einer unheimlichen Nacht auf dem Westfriedhof dem Geheimnis näher kommen.

**Das Phantom auf dem Feuerstuhl**

Sie kommen von einem Volleyballspiel der Schulmannschaft, Dr. Bienert, Studienrat für Englisch und Sport und gleichzeitig Trainer der Mannschaft, und Tarzan. Unter einer Autobahnbrücke verübt ein Unbekannter einen Anschlag auf den Wagen. Der Studienrat wird verletzt, Tarzan kommt mit dem Schrecken davon. So fängt alles an. Ein Phantom spannt in der Dunkelheit Drahtseile auf Autobahnen und Landstraßen, wirft von Brücken Steine herab und schleudert Stahlkugeln gegen fahrende Autos. Die Polizei scheint machtlos, niemand hat den Unbekannten gesehen, man weiß nur, daß er ein Motorrad hat. Tarzan, Klößchen, Karl und Gaby wollen das Phantom finden. Hat der seltsame Holzschnitzer etwas zu tun mit den Attentaten? Und was steckt hinter der Brandstiftung beim Weindl-Hof? Ist der Vater der gelähmten Claudia verdächtig, weil er sich an allen Autofahrern rächen will? Ein unheimliches Abenteuer voller Spannung.

**Angst in der 9 a**

Am liebsten von allen Lehrern in ihrem Internat mögen die TKKG-Freunde die Müller-Borrello. Sie ist immer fröhlich und gibt gute Noten. Bloß in letzter Zeit, da macht die Mübo einen recht traurigen Eindruck, und in der 9 a wird sie regelrecht schikaniert. Drechsel und Bettger, zwei üble Rowdies, sind die Anführer. Warum? Tarzan sieht die beiden in einer Kneipe zusammen mit „King" Seibold, einem stadtbekannten Rocker, der mit seinen Kumpanen besonders die Kinder von italienischen Gastarbeitern terrorisiert. Daß „King", dessen Vater eine schmuddlige Werkstatt betreibt, aber einen flotten Porsche fährt, mit dem angeberischen Autohändler Antonio Borrello unter einer Decke steckt, macht die Geschichte nur noch rätselhafter. Antonio ist der Ehemann der Mübo, die sich aber von ihm scheiden lassen will und um den gemeinsamen Sohn Marco kämpft. Die TKKG-Freunde lösen auch diesen Fall und klären in letzter Minute sogar eine Entführung.

**Rätsel um die alte Villa**

Karl, der Computer, ist ganz aufgeregt, denn seine Eltern haben sich eine schöne alte Villa am Stadtrand gekauft. Aber irgendetwas stimmt nicht mit diesem Haus. Als die vier TKKG-Freunde hinausradeln zu dem verwilderten Grundstück, wo man herrlich spielen kann, überraschen sie unbekannte Diebe. Niemand kann sich einen Reim darauf machen. Was wollen die Fremden in einem leeren Haus? Wie immer, wenn ihn etwas ärgert, läßt Tarzan nicht locker, und seine Freunde Klößchen, Karl und Gaby samt dem Cocker Oskar sind nicht minder emsig dabei, dem Geheimnis auf den Grund zu gehen. Hat der betrunkene Blonde aus dem Hallenbad damit zu tun? Oder der Ganove Kaupa und seine Freundin Dolores? Erst nach einem nächtlichen Kampf in der einsamen Villa erfahren die TKKG-Freunde, was es mit dem toten Schrotthändler Labutzka, dem die Villa früher gehörte, und dem gestohlenen Schatz im Stausee auf sich hat.

**Auf der Spur der Vogeljäger**

Als Tarzan und Klößchen im Vogelschutzgebiet die Tiere beobachten, machen sie eine schreckliche Entdeckung: Ein rothaariger Wilddieb erschießt einen harmlosen Bussard. Die beiden Jungen erzählen Gaby und Karl davon, ihren Freunden vom TKKG. Nicht nur, weil Gaby eine große Tierfreundin ist (schließlich tut sie alles für ihren Cocker-Spaniel Oskar), sondern weil die vier jede Tierquälerei scheußlich finden, wollen sie den Vogelmord nicht auf sich beruhen lassen. Das wird nicht einfach, denn sie werden von seltsamen Typen bedroht und geraten in unheimliche Abenteuer. Erst wird aus einem Reptilien-Zoo eine giftige Schlange gestohlen, dann auf einen wehrlosen Blindenhund geschossen. Immer wieder taucht das Pickelgesicht auf, ein junger Mann, der gewiß nichts Gutes im Sinn hat. Und der undurchsichtige Händler Schlitzer mit seinen Mongolen-Augen, der genauso gefährlich ausschaut wie die bösartige Gabun-Viper. Aber die vier TKKG-Freunde geben nicht auf, bis sie im Gespensterschloß des Herrn von Picheritzki das Rätsel lösen.

**Abenteuer im Ferienlager**
Karl hat in einem Preisausschreiben gewonnen, und die vier Freunde vom TKKG dürfen für vier Wochen in ein Ferienlager an der Nordsee fahren. Eigentlich sollen es ein paar ruhige Wochen werden, Erholung vom Schulalltag. Aber wo Tarzan ist, da bleibt es nicht lange ruhig. Kaum angekommen, werden unsere Freunde ins erste Abenteuer verwickelt. Erst wird Klößchen zu Unrecht beschuldigt, in einem Warenhaus gestohlen zu haben, und da brennt natürlich der Ehrgeiz der TKKG-Bande, den wahren Dieb zu finden. Dann jagen Tarzan, Karl, Klößchen und Gaby Gespenster, die gar keine sind. Die nur eine alte arme Frau zu Tode erschrecken wollen. Als es auch noch Oskar, dem putzmunteren Cocker-Spaniel, an den Kragen gehen soll, knöpfen die vier Freunde sich den feigen Tierquäler vor. Ein paar Jungen und Mädchen, die ein Jugendheim bauen wollen und von Rockern tyrannisiert werden, finden in Tarzan und seinen Freunden mutige Helfer. Und schließlich machen sie ein behindertes Kind, das immer im Rollstuhl sitzen muß, zum ersten Mal im Leben wirklich glücklich.

**Alarm im Zirkus Sarani**
Zuerst sehen sie den verdächtigen Mann im Supermarkt, und kurz darauf begegnen Tarzan und Klößchen ihm wieder, als sie zu Gast bei den Kindern im Zirkus Sarani sind. Hat dieser Mann mit der Drohung zu tun, die Tarzan im Supermarkt entdeckt? Ein Unbekannter will alle Lebensmittel vergiften, wenn er nicht 100 000 Mark bekommt. Es kommt noch schlimmer. Die nächste Erpressung richtet sich gegen die ganze Stadt. Das Grundwasser soll verseucht, Gift in Schulen, Bahnhöfen, Kirchen und überall dort verstreut werden, wo viele Menschen zusammenkommen. Der unheimliche Mann im Dunkel will immer mehr Geld. Um zu beweisen, daß er es ernst meint, versetzt er die Zirkusbesucher in Panik. Unsere Freunde vom TKKG heften sich an die Fersen des Erpressers – und sie geraten von einer Falle in die andere. Mit wie vielen Ganoven haben sie es überhaupt zu tun? Der Fall wird immer geheimnisvoller, aber Tarzan und die anderen vom TKKG geben nicht auf – bis sie das Rätsel gelöst haben.

**Die Falschmünzer vom Mäuseweg**
Es beginnt mit einer unheimlichen Begegnung auf dem S-Bahnhof von Dengenbach. Die vier Freunde vom TKKG prallen mit einer betrunkenen Rockerbande zusammen, die eben einen S-Bahn-Wagen demoliert hat. So werden sie die ersten Augenzeugen einer solchen sinnlosen Zerstörung, die der Bundesbahn schon lange Kopfzerbrechen bereitet hat. Und sie können die Täter identifizieren. Es sind die selben Burschen, die als Straßenräuber die Stadt unsicher machen. Ihr Anführer ist ein Erwachsener, ein krimineller Profi. Rücksichtslos rasen sie auf ihren Motorrädern durch die Stadt, rauben Frauen die Handtaschen, überfallen Geldboten. Als sie – aus Rache – einem Briefträger die Post wegnehmen, erfahren sie von einer Geldfälscher-Bande. Es geht um eine Million Falschgeld, und um da ran zu kommen, schrecken die Burschen vor nichts zurück. Aber sie haben nicht mit dem Spürsinn und der Hartnäckigkeit der TKKG-Bande gerechnet, und vor allem nicht mit Tarzan, der sich in der Nacht, da der große Coup starten soll, mutig an die Fersen der Verbrecher heftet . . .

**Nachts, wenn der Feuerteufel kommt**
Unsere vier Freunde vom TKKG kommen von einem Ausflug zurück. In einer Scheune ruhen sie sich aus – und da passiert es auch schon: Ein Bauer will den Heuboden anzünden. Tarzan, Karl, Klößchen und Gaby versuchen den Brand zu verhindern, und jetzt glauben sie zu wissen, wer der langgesuchte Feuerteufel ist. Seit Monaten jagt die Polizei vergeblich das Phantom, das Wochenendhäuser, Gehöfte, Scheunen und Lokale einäschert. Auch die TKKG-Bande ist zunächst auf der falschen Fährte. Denn der Bauer ist es nicht, und der wahre Feuerteufel geht weiter um: Ein gerissener Versicherungsvertreter, ein geltungsbedürftiger Schüler oder ein geheimnisvoller Wünschelrutengänger? Da müssen erst noch ein paar gefahrvolle Abenteuer überstanden werden, bis Tarzan und seine Freunde den richtigen Verbrecher entlarven.

**Die Bettelmönche von Atlantis**
Fünf Jugendliche verschwinden auf geheimnisvolle Weise aus der Stadt. Haben sie sich den Bettelmönchen angeschlossen, die in einem abgeschiedenen Landhaus leben und in der ganzen Gegend ihr Unwesen treiben? Niemand weiß, was die Mönche wirklich vorhaben, die aus Tunesien kommen sollen; schlimme Gerüchte aber sagen, daß diese unheimlichen Männer moderne Seelenfänger seien. Auch die TKKG-Freunde tappen, trotz aller Versuche, das Geheimnis zu lüften, im Dunkeln. Da verschwindet wieder ein Schüler. Tarzan, der sich mit den Bettelmönchen angelegt hat, gewinnt zwei Reisen nach Tunesien. Die beste Gelegenheit, das Hauptquartier der Sekte aufzuspüren.

**Der Schlangenmensch**
In die Klasse 9b der TKKG-Freunde geht auch die 14jährige Anke. Eines Tages erzählt sie Tarzan und seiner Bande eine seltsame Geschichte: Daß ihr Vater von Verbrechen erpreßt werde. Weil sie Angst hat, die Polizei zu verständigen, bittet sie die vier vom TKKG um ihre Hilfe. Nichts lieber als dies, sagt sich Tarzan, und sie machen sich auf die Spur eines Einbrecher-Königs, der gerade aus dem Knast entlassen worden ist. Was hat er vor? Tarzan, Karl, Klößchen und Gaby spielen Reporter der Schülerzeitung und lernen dabei drei eigenartige Männer kennen: Einen Schloßherrn, einen Altertums-Sammler und einen Adligen. Was haben die drei miteinander zu tun? Was verbindet sie mit dem Einbrecher-König? Und welche Rolle spielt Ankes Vater?

**Ufos in Bad Finkenstein**
Vergebens warten Tarzan und Gaby auf ihre Schulfreundin Kathie. Sie wollen gemeinsam ins Kino gehen – aber Kathie kommt nicht. Tarzan findet sie schließlich bewußtlos in einem dunklen Park. Die unheimlichen Haarjäger haben sie kahlgeschoren. Wer sind diese gemeinen Verbrecher, die nachts Mädchen überfallen – nur weil sie ihre Haare haben wollen? Die TKKG-Freunde spielen wieder einmal Detektiv. Eine heiße Spur führt nach Bad Finkenstein, und dort ist der Teufel los: Das UFO-Fieber hat die kleine Stadt gepackt. Ernsthafte Menschen behaupten, „Fliegende Untertassen" gesehen zu haben. Ein UFO sei auch schon gelandet. Als auch noch der Weltraumforscher Professor Oberthür von Robotern überfallen und in ein Weltraumschiff verschleppt wird, gerät der ganze Ort in Panik. Spinnerei oder eine gefährliche Bedrohung aus dem Weltall?

**X 7 antwortet nicht**
Bei einer Radtour entdecken die vier TKKG-Freunde im Wald erst drei finstere Gestalten und dann vier gefährliche Mörsergranaten aus dem Zweiten Weltkrieg. Tarzan und seine Bande holen die Polizei, doch die Granaten sind verschwunden. Die Vier vom TKKG vermuten einen Anschlag, aber sie wissen nicht, worum es geht. Fieberhaft versuchen sie, den Verbrechern auf die Spur zu kommen. Dabei geraten sie an ein anderes Ganovenpärchen, das Klößchens Kamera stiehlt. Jetzt verfolgen die Kinder zwei Spuren, ohne zunächst die Zusammenhänge zu verstehen. Schließlich ist eines klar: Unbekannte planen einen großen Überfall auf einen Geldtransport. Fast eine Million steht auf dem Spiel!

**Die Doppelgängerin**

Inge ist 16 Jahre alt und das Kind armer Eltern. Auch die Hoffnung auf das Erbe des Großvaters zerschlägt sich, weil ein habgieriger Onkel den Reichtum nicht teilen will. Da gerät Inge durch einen irren Zufall an einen immensen Schatz: zwei seltene Briefmarken, die 400 000 DM wert sind – gestohlen und versteckt von zwei Einbrechern. Inge vertraut sich dem TKKG an, und die Freunde finden rasch heraus, wem die Briefmarken gestohlen wurden. Aber bevor sie noch etwas unternehmen können, wird einer der Einbrecher aus dem Gefängnis entlassen. Als er erfährt, wem die wertvolle Beute in die Hände gefallen ist, will er Inge entführen. Doch er verwechselt sie mit einer Klassenkameradin: Bärbel ist Inges Doppelgängerin, ihre Eltern sind Millionäre.

**Hexenjagd in Lerchenbach**

Helga Götze ist 25, Biologie-Lehrerin an der Internatsschule und bei allen Kindern sehr beliebt. Aber weil sie rote Haare hat, zu Hause Schlangen und Spinnen hält, wird sie von den Bewohnern des Dorfes Lerchenbach, in dem sie lebt, wie eine Hexe behandelt. Freilich steckt hinter dieser Hexenjagd viel mehr: Sie wird von einem Unbekannten gesteuert, der Helga Götze haßt. Warum, das müssen unsere Freunde vom TKKG erst herausfinden. Als in Helga Götze's Haus eingebrochen und ein Giftanschlag auf sie verübt wird, als ein zwielichtiger Geselle auftaucht, der aus dem Gefängnis kommt – da wird die Geschichte immer rätselhafter.

**Der Schatz in der Drachenhöhle**

Es fängt mit einem Zufall an. Tarzan findet in einer Mülltonne eine Zeichnung mit Symbolen, die er nicht deuten kann. Schon am nächsten Tag fährt er mit Gaby, Karl und Klößchen in die Ferien, und er vergißt zunächst seinen merkwürdigen Fund. Die vier TKKG-Freunde machen eine Bootsfahrt auf einem großen Fluß. Doch was sie als Abenteuer gedacht hatten, wird zu einem Horror-Trip. Auf ihrer Reise werden sie zu Lande von einer motorisierten Rockerbande begleitet und terrorisiert, eine Zigeunersippe verfolgt sie mit Messern, die Bewohner eines Dorfes wollen sie verprügeln, und schließlich werden sie auch noch von Dieben heimgesucht. Warum dies alles? Nur aus Rache, weil der Anführer der Rocker mal Prügel von Tarzan bekommen hat? Oder steckt doch mehr dahinter?

**Das Geheimnis der chinesischen Vase**

Tarzan und Gaby wollen für die Schülerzeitung eine Reportage über jugendliche Kaufhaus-Diebe schreiben. Dabei lernen sie den Detektiv Hempel kennen, und sie erfahren, daß ausgerechnet Karin Eichberg, Tochter eines Millionärs, klaut wie ein Rabe. Das verspricht eine tolle Story zu werden – aber dazu kommt es nicht mehr. Als Tarzan und Gaby die Millionärstochter interviewen wollen, wird deren Halbschwester, ein Baby, entführt. Von nun an überschlagen sich die Ereignisse. Zwar werden die Entführer durch eine List Tarzans getäuscht, aber dann taucht ein undurchsichtiger Spielbank-Croupier mit faulen Tricks auf, wird die Leiterin einer Bankfiliale überfallen und eine wertvolle chinesische Vase bei einem Einbruch gestohlen. Gibt es einen Zusammenhang?

**Die Rache des Bombenlegers**

Angst schleicht durch die Stadt. Ein Unbekannter jagt Autos und Wochenendhäuser mit Bomben in die Luft, und eine gemeine Bande überfällt am hellen Tag meist alte oder wehrlose Menschen und raubt sie aus: Die Mittagsräuber, wie sie genannt werden. Haben sie auch die Bomben gelegt oder terrorisieren rivalisierende Gangster die ganze Stadt? Die Drohungen werden immer dreister, und als auch Kommissar Glockners Auto in Mitleidenschaft gezogen wird, nehmen Tarzan und die TKKG-Freunde die Fährte auf. Sie haben Adolf Burkert, einen reichen Nichtstuer, und einen miesen Typ im Visier, der immer dann auftaucht, wenn irgendwo etwas passiert. Stecken die beiden unter einer Decke? Typisch Tarzan, wie er und seine Freunde sich an die Fersen der Verdächtigen hängen, bis sie den Fall gelöst haben – einen Fall für TKKG.

**In den Klauen des Tigers**

Der kleine Wanderzirkus Belloni hat kein Geld mehr, er muß seine Tiere an den Zoo verkaufen. Sein Dompteur Tomasino, dem Alkohol verfallen und mit den Nerven am Ende, ist wahnsinnig geworden: Er setzt den gefährlichen Tiger Napur nachts im Wald aus. Tausende von Menschen, die das Wochenende in diesem Wald mit seinem Naturschutzpark verbringen, sind in Gefahr – auch Gaby, das Mädchen der TKKG-Bande. Sie weilt mit einer Mädchengruppe vom Schwimmklub in einem Zeltlager mitten im Wald. Nicht weit davon entfernt feiern Lehrer des Internats eine Grillparty in einem Wochenendhäuschen. Sie alle sind ahnungslos. Verzweifelt versucht die Polizei, den Tiger einzufangen, und zwei ausgebrochene Häftlinge nutzen das Chaos für ihre finsteren Zwecke. Kommissar Glockner, der um seine Tochter Gaby bangt, setzt alles auf eine Karte. Tarzan hilft ihm, um seine Freundin und die vielen Menschen im Wald aus den Klauen des Tigers zu retten.

TKKG Band 79 (ISBN 3-8144-0379-3)

Klößchens Vater, der bekannte Schokoladen-Fabrikant, hat mit erheblichem Aufwand ein Schokoladen-Museum geschaffen. Prompt erfolgt ein nächtlicher Giftanschlag auf die Gratis-Proben für die Besucher. Ist der Verbrecher derselbe Typ, der schon etliche Hunde vergiftet hat und von der Presse ‚Phantom' genannt wird? TKKG, die als Museumsführer ihr Taschengeld aufbessern, greifen ein.